Lorsque le fond de la mer a tremblé

TOME I

Marie-Laure Landais

Ce livre est une œuvre de fiction. Les personnages, les événements et les dialogues sont issus de l'imagination de l'auteur et ne doivent pas être confondus avec la réalité. Toute ressemblance avec des événements actuels ou des personnes vivantes ou décédées est une pure coïncidence.

Landais, Marie-Laure
Lorsque le fond de la mer a tremblé – Tome I

Conception graphique et maquette de la couverture : Gabrielle-Jade Landais

ISBN 978-2-9813756-0-5 (epub)
ISBN 978-2-9813756-1-2 (papier)
Dépôt légal – Bibliothèque et Archives nationales du Québec, 2013
Dépôt légal – Bibliothèque et Archives Canada, 2013

2

Remerciements

Même si écrire est une activité très solitaire, elle n'est possible que parce que de nombreuses personnes nous encouragent et croient en nous. Ma gratitude infinie à Gabrielle-Jade, ma fille, ma lectrice la plus enthousiaste et conceptrice de la page couverture, qui sait si bien traduire en image le « look and feel » de mes mots. Ma reconnaissance éternelle à Guillaume, mon fils, mon sauveur de clé USB et surtout pour son calme olympien en toutes circonstances. Tendres mercis à Angélia, ma fille, avec qui je partage l'amour de la lecture, pour son soutien indéfectible. Mon admiration éternelle à mes amis écrivains, qui m'ont permis de me développer et de repousser les limites de ma créativité. Et un merci tout spécial à mes amis et connaissances qui lors de nos conversations m'ont demandé, très souvent, comment allait l'écriture, avec de nombreuses paroles d'encouragement et un réel intérêt. Merci, cela a fait une profonde différence.

Table des matières

À tous ceux
qui rêvent

Jour 1

1

Le palais présidentiel n'était déjà plus silencieux à l'heure où le coq se mit à chanter. Les domestiques s'affairaient à la préparation des repas de la journée, installés sur un banc à côté des cuisines, épluchant les légumes, alors que d'autres lavaient le carrelage de la cour à grande eau. Le soleil rosissait l'horizon d'une fine couche de poussière dorée. La journée s'annonçait chaude et humide. Dans un coin du parc, les jardiniers paressaient sur une énorme pierre ornementale, buvant de l'eau de noix de coco dans des gourdes au cuir défraîchi, avant de s'atteler à la taille des arbres et des arbustes. Personne ne se plaignait d'une surcharge de travail. Chacun était nourri et blanchi, en plus d'avoir un salaire plus qu'adéquat, qui permettait de nourrir sa famille.

Mohamed vivait au palais depuis l'âge de sept ans. La femme du président, Sarah, l'avait pris sous son aile alors qu'il mendiait devant la grille, espérant attraper quelques sous des riches visiteurs qui y venaient chaque jour. Aujourd'hui, âgé de douze ans, après ses corvées du matin, ils s'occupaient des écuries avec deux autres garçons, il pouvait se rendre à l'école. Le président avait décrété deux heures d'études obligatoires pour tous les enfants de neuf à quinze ans, pour qu'ils puissent apprendre à lire et manger au moins un repas par jour, qui était servi à l'école. L'après-midi, la chaleur était intolérable et le pays entier s'immobilisait.

Mohamed ouvrit la porte de l'enclos pour y introduire le cheval personnel de Samourié, le fils aîné du président. Mohamed adorait les chevaux. Dans la pénombre qui annonce l'aube, la présence des animaux était rassurante pour lui. Lorsque ses parents l'avaient abandonné, incapables de le nourrir, il avait dormi dans une étable durant ses premiers jours dans la rue. Il avait pleuré longtemps avant de se mettre en quête de nourriture. Il ne savait pas comment voler et avait peur de se faire prendre. Il fouillait donc les poubelles, cherchant quelques fruits pas trop pourris que les marchandes jetaient à la fin de la journée. Le matin, il mendiait près des grands hôtels bourrés de gens riches et d'étrangers.

Heureux enfin de pouvoir gagner honnêtement sa vie, de manger tous les jours et de s'instruire, Mohamed ravala une larme de gratitude en repensant à la belle Ama Sarah qui l'avait sauvé de la mort.

En revenant vers l'étable, il vit deux hommes cagoulés traîner un corps, qui de loin, ressemblait à celui de Batouaré, le palefrenier. Il se souvenait de l'avoir taquiné à propos de sa chemise jaune-serin, imprimée d'immenses fleurs rouge et orangé qu'il s'était offerte pour un rendez-vous galant et qu'il portait maintenant tous les jours, fier comme un paon. Batouaré disait à qui voulait l'entendre : « Elle m'adore et me trouve magnifique! J'ai de la classe! » Elle, c'était Marie-Aimée, qui tenait la boutique de fleurs devant l'*Hôtel du Continent*.

Les deux hommes traînèrent le corps jusque derrière le tas de fumier, le rendant invisible à ceux qui empruntaient le chemin vers l'écurie. Mohamed entendit soudain des cris provenant de la cour intérieure du palais présidentiel. Il rebroussa chemin, se cachant derrière une charrette. Il courut jusqu'au fond du jardin et traversa le mur bas qui donnait près des cuisines. Son cœur battait la chamade, il ne voulait pas croire que Batouaré puisse avoir été assassiné. Arrivé en haut du muret, Mohamed vit le sang qui se répandait sur les dalles de la cour, se mélangeant à l'eau savonneuse des chaudières renversées. Les corps égorgés des femmes de ménage s'entassaient à côté du puits, jetés là sans égard. Mohamed retint un haut-le-cœur et les larmes qui commençaient à lui piquer les yeux. Il ne pouvait que penser à Ama Sarah. Il avait joué des heures avec ses enfants, ainsi il connaissait chaque passage secret du palais. Entrant par la porte de la cuisine, il fit signe aux deux domestiques qu'il y trouva.

– Venez! Vite! Il se passe quelque chose, lança-t-il en chuchotant fermement.

– Encore une ruse pour nous voler du pain. Allez Mohamed, au travail, dit le plus grand des deux.

– Vous n'avez pas entendu les cris? répondit-il surpris.

– Bah! Sûrement les soldats qui font des blagues aux lavandières.

– Non, il y a des... morts.

Au même moment, ils entendirent des coups de feu, juste au-dessus d'eux.

– Sauvez-vous, je vais trouver Ama Sarah.

– Non Mohamed ne reste pas là, tu vas te faire prendre, s'inquiéta le domestique en attrapant Mohamed par le bras.

Sans se retourner, Mohamed se dégagea vivement et ouvrit une trappe dans le sol de la cuisine et s'engouffra dans la cave. Il referma le trou derrière lui. Dans la noirceur, il tâtonna et trouva la lampe de poche que le cuisinier y gardait. Longeant les garde-mangers, il trouva le long corridor qui menait jusqu'à l'escalier menant au salon de jeux des enfants. La salle était vide. Mohamed colla son oreille contre la porte qui communiquait avec la chambre des enfants. Ama Sarah tentait de calmer le bébé effrayé par l'agitation.

— Allez! Sorcière! Fais-le taire, sinon je le ferai, disait une voix autoritaire.

— Sortez, vous lui faites peur. J'habille les enfants et nous vous suivons.

Aucune trace d'inquiétude ne filtrait dans sa voix. Ama Sarah avait grandi avec sept frères, elle savait se défendre. Lorsque Mohamed fut certain que l'homme était sorti, il apparut au côté de sa mère adoptive, l'œil brillant.

— Mohamed? Que fais-tu là?

— Des morts partout. Les femmes... Viens, Ama, nous pouvons nous sauver par les tunnels, l'implora-t-il.

— Non Mohamed. Je ne me sauverai pas comme une lâche, répondit-elle fermement.

— Alors, je reste avec toi.

Ama Sarah le regarda dans les yeux, il y avait tant de courage et de dévouement dans ce petit homme; tant d'amour aussi alors qu'il la regardait farouchement, prêt à répondre à tout refus qu'elle lui imposerait. Il s'était rendu jusqu'à elle.

— D'accord, répondit-elle après un court silence. Aide-moi à habiller les petits.

Quelques minutes plus tard, ils sortirent de la chambre, Ama tenant le bébé dans ses bras et Mohamed tenant par la main les jumeaux de quatre ans qui se demandaient où on les emmenait de si bon matin.

L'homme ne fit aucun commentaire en voyant le garçon de douze ans, il se rappelait que la sorcière ramassait les enfants dans la rue, sûrement pour les torturer. Le chef leur avait montré des photos d'enfants décapités, à qui l'on avait enlevé des organes, en leur disant qu'elle les utilisait pour faire de la magie noire. Il ne voulait donc pas trop se frotter à elle. D'ailleurs personne n'avait voulu l'approcher tellement ils étaient terrifiés à l'idée d'être ensorcelés. À la fin, le chef avait tranché et c'était lui, Étham, qui avait été nommé pour mettre au pas la sorcière. Plus vite il les amènerait au salon, moins longtemps il serait soumis à son envoûtement.

Quelques portes plus loin, Samourié ouvrit les yeux. L'aube pointait à travers les volets, annonçant une autre journée humide et suffocante. En se tournant sur le côté, il ramena le drap léger au-dessus de sa tête, tentant de se cacher de la lumière pour pouvoir se rendormir. Près de lui, il sentit les fesses chaudes de Salomé sa tendre épouse. Humant sa peau dorée, il se rapprocha. Quel bonheur que d'avoir Salomé dans sa vie! D'un regard, elle illuminait son univers. Marié avec elle depuis deux ans, il ne se lassait pas de la regarder vivre. Samourié soupira en pensant aux délices des baisers de Salomé et se rendormit la main sur son ventre chaud et vibrant.

La porte s'ouvrit à la volée laissant passer deux hommes armés, un foulard rouge cachant la moitié de leur visage.

– Lève-toi, fils de chien, cria le premier entré.

– Qu'est-ce que…

Un coup de crosse au visage le fit taire. Salomé poussa un cri.

– La ferme salope!

Celui qui avait parlé pointa un fusil mitrailleur sur elle.

– Habille-toi! Sale chien! Dépêche-toi sinon je la bute!

– Oui, oui, je m'habille.

13

Samourié ramassa en vitesse une chemise et un pantalon sur une chaise, tentant de rester calme pour ne pas effrayer Salomé, il les enfila rapidement.

– Où est mon père? Et...

– Ton père sera jugé comme il le mérite, par le peuple qui détient la seule vraie justice. C'est la fin de la soumission. Nous sommes enfin libres. Libérés de la tyrannie.

Frissonnant, Samourié regarda l'homme au regard fou qui déclamait ses slogans. Il savait qu'il y avait eu de l'agitation dans certaines régions du pays, mais ce n'était que le fait de quelques illuminés ou encore d'adolescents affamés. Son père lui avait dit que tout allait être réglé rapidement. La garde du palais avait tout de même été renforcé et plus personne ne pouvait sortir sans être escorté. Samourié ne pouvait pas voir son père sous les traits d'un tyran, ou d'un dictateur sanguinaire. Il avait entendu les rumeurs de trafic d'organes, de disparitions mystérieuses, mais il n'y croyait pas. Plusieurs disaient avoir vu des photos des orphelins d'Ama Sarah. Des enfants maltraités et torturés, aux corps décharnés. Mais Samourié l'accompagnait souvent dans les écoles et les communes et il n'avait rien vu de tout ça. Les enfants semblaient heureux et bien portants.

– Dépêche-toi, nous avons assez attendu!

– Où m'emmenez-vous? Et ma femme?

– Tu parles trop. Tu parleras quand on te le dira. Dis à ta pute de s'habiller, elle vient aussi.

Samourié prit une robe sur la chaise et la lança à Salomé.

– Allez maintenant! Venez! On n'a pas de temps à perdre.

Samourié entoura Salomé de ses bras pour la protéger. Il sentit le canon dur de l'arme le pousser vers la porte. À travers les corridors du palais, il vit les domestiques égorgés ou agonisants dans les coins. Dans le grand salon, il retrouva son père et sa mère, ainsi que ses jeunes frères tremblants et pleurants, sous la menace des mitraillettes. Il courut rassurer sa mère, effrayée soudain de voir du sang sur son visage et sa chemise.

– Ça va Ama, je n'ai rien.

– Silence!

Samourié se retourna pour voir qui avait parlé. Il vit alors l'homme de confiance de son père, le chef de l'armée et de la garde rapprochée du président, Jacques Matounbé Dawara, le toisant de sa superbe.

– Eh oui, fils! Le peuple a enfin trouvé un sauveur pour le libérer de l'oppression. Mamburo et sa sorcière ne sont plus.

– Jacques, je t'en prie! En l'honneur de notre amitié…, commença Koné Mamburo.

– Notre amitié? Je ne suis pas l'ami de l'ennemi du peuple. Je suis là pour protéger le peuple. Nos amis américains nous offrent des milliards et toi tu les repousses du revers de la main, clama Dawara.

– Ils veulent piller nos ressources et nous laisser des miettes, objecta Mamburo.

– Balivernes! Tu es rétrograde, tu cherches à justifier le fait que tu laisses le peuple moisir au Moyen-âge. Nous devons entrer dans le monde moderne et je serai celui qui fera entrer le pays dans le XXIe siècle.

15

– Jacques, écoute-moi. Nous pouvons sûrement nous entendre, tenta de négocier Mamburo, soudain inquiet de voir une flamme psychotique dans l'œil de son Général. Comment n'avait-il pas vu venir cela. Était-il si aveugle?

– C'est fini le temps des bavardages. Aujourd'hui, s'achève le règne de Koné Mamburo le dictateur.

– J'ai été élu...

– Élections truquées. Tu pensais pouvoir nous tromper encore longtemps! Tu es un tyran! Le peuple doit être protégé et libéré de toi!, poursuivit le Général sur une lancée.

Samourié bondit.

– Tyran! Comment osez-vous? Mon père a toujours respecté...

– Silence, fils de chien. Ton Ama ne t'a pas montré à respecter l'autorité. Mais c'est vrai! À quoi s'attendre d'une femme pour qui la trahison est le pain quotidien? Ah! Ah! Ah!

Mohamed rugit de colère en voulant se jeter sur le Général Dawara. Un garde le prit par le collet avant qu'il ait le temps de se rendre.

– Tu es chanceux petit, si je prenais exemple sur ta mère, tu serais déjà mort. Amenez la femme et les enfants. Je vais m'occuper personnellement de ceux-là, dit-il en pointant Samourié et Mamburo.

Au pouvoir depuis douze ans, Koné Mamburo était le président d'un minuscule pays d'Afrique centrale, le Baranté. Un pays sans nuances météorologiques, où le soleil dardait ses rayons dans les moindres recoins. Lorsqu'il pleuvait, cela pouvait durer des jours et l'eau s'infiltrait partout. Dès la première année de son mandat, Mamburo avait eu à faire face à une terrible sécheresse, suivie d'une famine qui avait décimé une grande partie de son peuple. Malgré la mise en place de mesures sociales qui pourraient profiter à l'ensemble, il devait faire face à l'endettement, ainsi qu'aux pressions des investisseurs étrangers qui devenaient de plus en plus exigeants. Les mines d'or et de diamant du nord du pays faisaient l'envie de beaucoup et il était difficile de garder les conditions de travail des ouvriers à des niveaux acceptables. Depuis un an, des rumeurs de guerre civile courraient, mais le président avait les mains liées. Soit il poursuivait dans sa lancée de réformes sociales aux bénéfices du peuple ou encore, il assouplissait les mesures économiques permettant aux investisseurs étrangers d'écouler leur produit à moindre coup, ce qui créerait une crise économique sans pareille et jetterait à la rue des milliers de famille.

Sa femme, Sarah, imperméable au chantage des capitaux étrangers, s'était vue nommer ministre de la Famille et de l'Éducation. Certains avaient crié au favoritisme et aux conflits d'intérêts, mais la nouvelle ministre avait fait reconstruire les écoles, décontaminer les puits et encadrer la pratique des Mamés, les sages-femmes qui portaient en elles un savoir ancestral qu'elles transmettaient à leurs filles. Dans chaque commune et village, les Mamés offraient les soins de base aux malades et s'occupaient de transformer les plantes nécessaires aux divers soins.

Par contre, pour enrayer les épidémies, Sarah avait aussi instauré des cliniques volantes d'hygiène et de santé, qui faisait le tour du pays, offrant vaccins et médicaments. Plusieurs ONG internationales avaient collaboré à leur mise en place. Depuis un an, trois attaques avaient été déplorées contre deux cliniques dans le nord du pays, et des dizaines d'écoles n'avaient pas reçu leur livraison de livres et de fournitures.

Une réunion d'urgence devait avoir lieu cet après-midi au palais, pour discuter de solutions face à l'émergence de milices armées qui terrorisaient la population du nord et de l'ouest. Le président refusait d'envoyer l'armée, préconisant la négociation avec les groupes rebelles. Le Conseil général était divisé sur la question. Les témoins disaient que ce n'était pas des milices organisées, mais des bandes d'adolescents en manque de sensations, ce qui troublait profondément Koné et Sarah Mamburo. Est-ce que l'on envoyait l'armée pour tuer ses propres enfants?

Trois gardes escortèrent Ama Sarah, Salomé et les quatre enfants à l'extérieur et les firent monter dans un camion. En passant la grille de l'entrée, ils aperçurent des dizaines de morts jonchant les rues. Le palais était construit dans la haute ville, où était installé le quartier des notables. Des cris et des coups de feu résonnaient dans les maisons cossues, le feu commençait à se propager et un nuage de fumée envahissait tranquillement la ville. Ama Sarah se força à garder les yeux ouverts. À chaque seconde, elle voulait sentir la douleur de son peuple devant cet outrage. Les enfants qu'elle avait voulu protéger, les femmes à qui elle voulait redonner la dignité et l'intégrité de leur corps. C'est vrai que tout n'était pas parfait, mais pourtant ils étaient sur la bonne voie.

Ama Sarah ne pleura pas. Elle serra contre elle, bébé Sérénité, la minuscule, qui s'était calmée, mais qui gardait elle aussi les yeux grands ouverts. Mohamed, les sourcils froncés d'une colère contenue, tenait contre lui les jumeaux habituellement si turbulents.

– Calme-toi mon petit. Je suis avec toi, je ne t'abandonnerai pas, lui murmura Ama Sarah.

– Que vont-ils faire de nous, Ama? Et Samourié, tu as vu comment le Général le regardait. La haine sortait de ses yeux quand il lui a parlé.

– Ne t'en fais pas, Samourié est capable de se défendre.

Le camion s'arrêta. Une femme et trois enfants montèrent pour se joindre aux autres. Saleema, l'épouse du vice-président, était une jeune femme douce et modeste.

– Ama Sarah? Qu'est-ce qui se passe? Les mensonges... Nous n'avons jamais fait de mal à personne, dit Saleema d'un regard inquiet.

– Je ne sais pas ma fille, je ne sais pas...

Qu'aurait-elle pu dire d'autre, elle ne savait pas... Elle s'était réveillée, ce matin, une arme sur la tempe. Elle, Sarah, fille aînée d'une Mamé célèbre dans le sud du pays qui avait marié à l'âge de seize ans, l'homme qui était devenu président, quinze ans plus tard. Ils s'étaient rencontrés chez lui alors qu'elle assistait à la naissance de sa plus jeune sœur Élia. À l'époque, elle avait douze ans. Sa Mamé lui avait demandé d'aller chercher de l'eau, et elle l'avait vu, dans la cour, près du puits commun. Tant bien que mal, il tentait de nettoyer la patte d'un chien blessé et hurlant, qu'il avait trouvé près de la maison.

– Aide-moi à le tenir, lui ordonna-t-il d'un ton cassant.

Incapable de supporter plus longtemps les cris du chien, elle l'avait aidé, oubliant la femme qui accouchait deux portes à côté. À deux, ils réussirent à nettoyer la plaie et à bander le chien qui se sauva en clopinant, dans un coin, aussitôt qu'ils le lâchèrent.

– Sarah! Que fais-tu? Et cette eau?

Sarah sursauta en s'entendant appeler. Elle remplit un seau et sans un regard en arrière elle courut rejoindre les femmes, renversant de l'eau sur sa robe. « Merci! », fut tout ce qu'elle entendit dans son dos alors qu'elle s'engouffrait dans la maison. Elle ne l'avait revu que deux ans plus tard.

Un après-midi, alors qu'elle nettoyait les langes de naissance, il était apparu à la porte du jardin et elle avait su, sans savoir comment, qu'il était l'homme qu'elle épouserait. Il était fils de notable et elle fille de commerçant. Mais sa mère était une Mamé respectée de tous, il y avait peut-être une chance que sa famille accepte un mariage, même si elle n'était pas d'une famille aisée.

– Peux-tu dire à ton père de venir? Mon père a affaire avec lui.

Un ordre sur le même ton cassant que dans son souvenir. Sarah se précipita dans la maison et ouvrit la porte adjacente qui menait à la boutique.

– Baba. Le fils de Mamburo te demande.

– Qu'est-ce qu'il me veut?

– Je ne sais pas Baba, il ne m'a rien dit.

Ennuyé, son père avait pris le temps de s'essuyer les mains avant de rejoindre le jeune homme qui l'attendait dehors. Sarah l'épiait du coin de l'œil tout en continuant sa tâche. Il n'était pas grand, mais il avait une certaine prestance. L'argent donnait aux gens une impression de grandeur. Mais Sarah avait déjà vu des riches manquer totalement de dignité et de respect. De son côté il l'observait, lui aussi, à la dérobée.

– Allez! Jeune homme! Emmène-moi à ton père.

Sarah était restée immobile après leur départ. Que pouvait bien vouloir cet homme à son baba? Une affaire d'argent? Son père était un homme honnête et juste. Il menait ses affaires rondement, et malgré les tentations il n'avait jamais arnaqué de client. Elle ne l'avait jamais entendu hausser le ton contre quiconque. Même malgré toutes les bêtises que ses frères pouvaient lui faire, il demeurait juste.

– Tu dois apprendre à te défendre ma fille, lui répondait-il toujours lorsqu'elle venait se plaindre.

Sarah avait toujours pensé qu'il lui avait dit d'apprendre à se battre. Mais à cet instant, dans ce camion avec ses enfants et les armes menaçantes autour d'eux, se battre revêtait une toute autre signification.

– Qu'allons-nous devenir, Ama Sarah?

Ama Sarah resta silencieuse. C'était trop douloureux de voir la peur dans les yeux de Saleema. Le camion reprit sa route et s'arrêta encore deux fois pour laisser monter la femme du ministre du Commerce et celle du juge de la Cour supérieure avec ses cinq enfants. Elles avaient aussi ce regard de peur et d'incompréhension. Le camion s'arrêta une dernière fois pour laisser entrer une toute jeune fille d'onze ans. Ama Sarah se rappelait l'avoir vu une fois, Hélène, la fille de Chanel Mataouaré, l'adjointe du procureur. Chanel était métis. Son père s'était marié à une Française, alors qu'il était diplomate. Chanel, après ses études de droit, en France, avait décidé de venir s'installer dans le pays de son père.

– Où est ta mère, enfant?

L'enfant ne répondit pas. Ama Sarah remarqua le sang sur sa jupe. Muette, l'enfant s'assit près d'Ama Sarah, le regard vide. Le camion resta longtemps arrêté. L'attente devenait insupportable. Ama Sarah tentait tant bien que mal de distinguer ce qui se passait dans la maison de Chanel. Elle ne percevait que des rires venant d'une fenêtre brisée. Une enfant se mit à pleurer et elle reporta son attention sur ses compagnes.

– Oh non!

Saleema se mit à pleurer en voyant Chanel retenue par deux gardes masqués, marcher vers le camion. Ses vêtements étaient déchirés et son visage tuméfié. Sa poitrine était nue et portait des traces de coups. Elle semblait blessée à plusieurs endroits. Mohamed l'aida à monter dans le camion et cracha par terre alors que les deux hommes lui tournaient le dos.

– Que s'est-il passé? demanda Ama Sarah avec douceur.

Chanel leva la tête et vit le regard doux d'Ama Sarah. Elle l'avait toujours admirée et avait rêvé d'avoir une mère comme elle, tendre et chaleureuse, alors que la sienne était distante et manucurée. Oui, sa mère avait adoré son père, mais la pression sociale avait fait en sorte de l'éloigner de sa fille à la peau dorée, qui éclipsait sa beauté, par son exotisme, dans les salons parisiens. Lors de sa première semaine au pays, Ama Sarah avait reçue Chanel au palais présidentiel, malgré les quolibets des notables du pays qui ne voyait en elle qu'une bâtarde.

– Ama...

– Dis-moi, ils t'ont fait, du mal?

Avant même de le lui demander, Ama Sarah avait compris l'évidence. La blessure du viol serait la plus longue à disparaître. Chanel tremblait malgré la chaleur et sa fille s'approcha d'elle et l'entoura de ses bras. Ama prit un de ses châles et lui entoura les épaules pour cacher sa nudité.

Le camion reprit la route et s'arrêta, quelques heures plus tard, à l'extérieur de la ville devant une cabane délabrée. Les gardes y firent entrer les femmes et les enfants et les firent descendre dans une cave en terre battue, où ils s'entassèrent. Ama tenta une dernière question avant que la trappe ne se referme sur eux.

– Qu'allez-vous faire de nous?

– Ferme là! Sorcière!

– Il faut nourrir les enfants, allez-vous nous apporter à manger?

– Tu poses trop de questions femme!

Et la trappe se referma. La chaleur était intenable, les bébés, s'ils ne pleuraient pas étaient comateux. La lumière filtrait par des interstices dans le plancher. Ama fit le tour de leur prison. Il n'y avait rien. Elle entreprit de creuser un trou pour les excréments et les déchets. Elle devait s'occuper, sinon elle perdrait la tête à ne pas savoir ce qui se passait. Garder vivante l'image de son mari et de son aîné encore en vie; garder présents les coups de feu tirés dans la ville; voir les yeux des femmes éventrées. Ama Sarah ne dormirait plus, tant que son peuple ne serait pas en sécurité. Alors qu'elle creusait le sol dur de ses mains, elle sentit la présence de Mohamed près d'elle qui l'aidait à creuser.

*** *** ***

2

Samourié tenta de contenir la colère qui grondait au fond de sa gorge.

– Qu'allez-vous faire de nous? demanda Samourié au militaire.

– C'est une excellente question jeune homme!

Le Général, l'œil mauvais, s'approcha de Samourié. Costaud, il avait dû l'être plus jeune, mais aujourd'hui il ressemblait à une énorme baudruche, le visage bouffi. Les boutons de son uniforme semblaient vouloir lâcher à tout instant. C'était d'ailleurs, selon Samourié, un homme sans contenu et sans aucune profondeur de pensée, ni de finesse d'esprit. Levant les yeux vers le jeune homme, il lui souffla la fumée de son cigare au visage. Le poussant devant lui, il le fit asseoir sur une chaise pour pouvoir le toiser de haut. Son visage vint si près, que Samourié put sentir l'haleine fétide de l'avarice qui sortait de sa bouche avariée. Il détourna la tête, dégoûté.

– Regarde-moi bien! Fils de chien, parce que c'est moi ton maître maintenant. Je sens encore sur toi le lait du sein de ta mère. Ne crois pas me donner de leçons. J'ai le pouvoir et toi tu n'as rien. Rien. Ton père ne te laisse rien en héritage. Il a dilapidé la fortune du peuple pour gaver sa sorcière.

Samourié ferma les yeux lorsqu'il entendit le Général insulter sa mère. Il aurait voulu lui cracher à la figure, mais sa bouche était sèche. Le goût du sang, encore sur ses lèvres, l'écœurait. Dawara sourit, content de l'effet de ses paroles sur son prisonnier.

– Ne fais pas cet air idiot! Toi aussi tu as été ensorcelé. Mes hommes vont t'apprendre à devenir un homme, un vrai.

Un Noir. Un Barantéen. Pas une marionnette qui répète les âneries des blancs.

Samourié se tourna pour regarder son père et le vit faible et usé. Du plus loin qu'il se souvînt, son père était solide comme un arbre dans la tempête. Durant la famine, il mangeait très peu, disant qu'il devait souffrir comme son peuple. Parfois, il ne mangeait pas pendant deux jours, tout simplement parce qu'il n'arrêtait pas de travailler, passant ses journées à trouver des façons de sortir le pays du marasme économique dans lequel il se trouvait. Jamais il n'avait vu son père baisser les bras une seconde. Il savait que le Général mentait à propos de ses parents et de tout ce dont on les accusait. C'était invraisemblable!

— Oui, c'est ça! Regarde ton père. Tu t'es laissé abuser, comme tout le monde, par sa générosité. Mais tu es jeune encore, en vieillissant on apprend à lire les gens, à voir à travers leurs mensonges.

— Combien vous ont-ils payé pour nous détruire? Pour détruire ma famille, mon père et tout ce qu'il a construit. Le peuple ne vous laissera pas faire, cracha Samourié avec haine et dépit.

— Innocent! Le peuple s'est soulevé. N'entends-tu pas la rumeur du peuple qui demande à être délivré?

— J'entends le peuple crever à cause de tes délires psychotiques.

— Silence! Crois-moi! Tu ne verras jamais le triomphe du peuple, tellement tu es imbu de ta personne. Fils de la déesse, mon cul! Des histoires de bonne femme. Où est-elle ta déesse? Je ne la vois nulle part.

Le Général, éclatant d'un rire gras, se mit à tourner dans la pièce en faisant mine de chercher quelque chose sous les coussins et les tables.

– Quand je pense que tu as pu te laisser avoir par ces sornettes. Tu es vraiment naïf, malgré ta dispendieuse éducation en Angleterre. Tu crois que les Africains vont suivre un prétentieux comme toi, qui se croit l'égal des Dieux?

Le Général se planta devant Samourié, qui le regardait l'air narquois. Furieux, il le poussa par terre et lui donna un coup de pied dans les côtes.

– Tu crois pouvoir rire de moi! Je te ferai cracher ta merde avant de te laisser partir d'ici. Je saurai tous les secrets que vous me cachez, hurla Dawara, hors de lui.

En voyant son fils sur le sol qui crachait du sang, le président Mamburo sembla se réveiller comme par magie.

– Laisse mon fils en paix. C'est moi que tu veux? Réglons nos comptes ensemble, ne le mêle pas à nos histoires.

– C'est maintenant que tu te réveilles vieux fou? C'est trop tard, il y est jusqu'au cou. Je ne laisserai pas partir Samourié, le comploteur. Vous avez comploté pour vider le pays de ses richesses, pendant que vous faisiez des sourires niais au peuple affamé. J'ai des preuves, des tas de preuves.

Enragé, il assena un autre coup à Samourié toujours à ses pieds.

– Emmenez-le hors de ma vue! Faites-le avouer. Je veux savoir où est l'argent. Je veux tout savoir. Tenez-le jusqu'à ce qu'il me supplie à genoux de le laisser en vie. Je veux voir le fils de la déesse supplier pour sa vie, cria

Dawara, ses poumons sur le point d'éclater, tellement la rage l'étouffait.

Deux gardes s'approchèrent de Samourié et le relevèrent sans ménagement. Ils quittèrent la salle de séjour et le traînèrent jusqu'à la bibliothèque.

La mine triomphante, Dawara regarda les gardes quitter la pièce avec Samourié. Si tout fonctionnait selon le plan, il n'entendrait plus jamais parler de l'Élu. Il avait fallu beaucoup de travail pour arriver à miner sa crédibilité auprès du peuple. Le don des photos montrant les corps d'enfants mutilés avait été l'élément permettant de convaincre les plus récalcitrants. Dawara avait encore des doutes sur leur authenticité, mais les mystérieux investisseurs lui avaient assuré de la véracité de ce qu'ils avançaient. Il y avait trafic d'organe au Baranté et la source même du trafic émanait du palais présidentiel. La seule personne qui était en contact constant avec les enfants, c'était Ama Sarah. Chaque jour, elle visitait écoles et orphelinats, elle avait ses entrées partout. Tout se tenait.

En fait, il ne voulait pas y croire, parce qu'il était amoureux d'elle. Il avait dû trimer dur pour parvenir là où il était maintenant et tout ça pour la fille de la Mamé du village, qui était la plus belle d'entre toute. En premier, comme tout prétendant sérieux, il avait fait les démarches auprès de ses parents pour qu'elle devienne sa femme. Mais, elle l'avait trahi et avait choisi Mamburo et ça, il ne le lui pardonnerait jamais. Il tenait la vie de Mamburo entre ses mains et celle de leur fils chéri, Samourié, le plus cher à son cœur et elle souffrirait comme il avait souffert. Après plus de 25 ans, il aurait enfin sa vengeance. Cette victoire, il la savourait encore plus, que celle de simplement détenir le pouvoir absolu sur la destinée du pays.

– Tu es bien silencieux Mamburo ce matin? Te serais-tu levé du mauvais pied?

– Jacques, tes actes d'aujourd'hui, tu les paieras chèrement demain.

– Bah! Laisse-moi tomber le prêchi-prêcha de missionnaire. Et toi? Pour quels actes seras-tu jugé et condamné?

– De quoi m'accuses-tu?

– De quoi le peuple t'accuse, tu veux dire! Je ne suis que le porte-parole du peuple et je ferai ce qu'il me dira de faire. Je n'ai pas d'autre maître que le peuple.

Mamburo baissa la tête. Comment n'avait-il pas vu venir la trahison? Dawara faisait partie de son cercle restreint. C'était le responsable de sa garde personnelle, celle censée le protéger. Un corps d'élite indépendant de l'armée. Comment n'avait-il pas vu venir le coup? Dawara! Son ami d'enfance. Ils avaient fait leur service militaire ensemble.

– Ça ne compte plus? Tout ce temps, passé ensemble? Notre amitié...

– Laisse notre amitié en dehors de ça. Tu sais très bien que tu m'as toujours toléré, moi, le pauvre fils de paysan et domestique à ton service, lança haineusement Dawara.

– Tu sais très bien que ce n'est pas vrai! Je suis ton ami! Tu ne peux pas...

– Je peux tout Mamburo!

– Comment as-tu pu trahir ma confiance?, s'étonna Mamburo, las.

– C'est toi qui as trahi la confiance du peuple. Sous les beaux discours, il n'y a que l'appât du gain, l'exploitation de

28

nos ressources pour ton profit personnel et celui de ta femme. À combien estimes-tu ta fortune personnelle? En faisant le tri dans ta comptabilité, je suis certain que l'on trouvera des choses intéressantes.

– C'est faux, c'est faux...

Mamburo protesta faiblement, abattu et épuisé par les événements. Il se tut, préférant le silence aux mensonges, la paix face aux délires de son Général. Sa santé devenait fragile, il attendait le résultat de test qu'il avait fait deux semaines auparavant. Le diabète peut-être? Ou des problèmes de pression? Il savait qu'il ne tiendrait pas longtemps debout dans la grande salle de séjour.

Dawara se retourna vers un garde, debout près de la porte.

– Amenez-le. Et faites le manger. Je ne veux pas qu'il m'accuse d'insensibilité, termina-t-il en riant à gorge déployée.

Mamburo le regarda sortir, en proie à la plus grande confusion. Le Général se dirigea vers le bureau présidentiel où l'attendait le conseiller du président, Charles Émouanta et Bertrand Mamburo, le frère du président.

– Et puis comment réagit-il? demanda celui-ci lorsque Dawara eut refermé la porte.

– Très mal. Ha! Ha! Ha! Il a perdu de sa superbe.

– Je ne m'attendais pas à moins. Et mon neveu Samourié?

– Il se débat, mais pas pour très longtemps. Comment se passe l'opération sur le terrain?

Charles et Bertrand se regardèrent étrangement. Regard qui ne passa pas inaperçu à Dawara.

– Tous les partisans de Mamburo ont été arrêtés. C'est-à-dire l'ensemble du conseil des ministres. Les femmes et les enfants ont été menés dans un lieu sûr. Il y a des morts à déplorer un peu partout. La prise de contrôle a fait face à une opposition massive, dans les endroits où les partisans de Mamburo sont en plus grand nombre. Mais nous avions une armée bien organisée. Le soulèvement se passe bien.

– Et les étrangers?, demanda le Général distraitement en s'assoyant autour de la table.

– Nous avons fait parvenir un communiqué à toutes les ambassades présentes sur le territoire. Les pays bénéficient de trente-six heures pour évacuer leurs ressortissants.

– Nous avions dit vingt-quatre heures?

Charles recula devant l'air buté du Général. Il avait accepté de collaborer, à contrecœur, mais pour des raisons d'argent. Sa passion du jeu avait fait de lui une cible facile. Il n'aimait pas le Général, mais celui-ci le tenait littéralement par les couilles. Ses dettes de jeu effacé, il n'avait pas eu d'autres choix que de trahir Mamburo, l'homme qu'il admirait le plus au monde.

– Après discussion non officielle avec l'ambassade des États-Unis, trente-six heures leur permettaient de retracer tout leurs ressortissants d'un bout à l'autre du pays, tout en offrant au pays le temps de réagir.

Dawara resta songeur quelques instants.

– Les États-Unis vous dites?

Dawara sourit en pensant aux mystérieux alliés qui les soutenaient. Bertrand Mamburo avait fait de l'excellent boulot, il ferait un président hors-pair.

*** *** ***

3

La pièce était sombre, quelqu'un avait tiré les volets. Samourié attendait. Les heures s'égrenaient dans la chaleur torride. Attaché et bâillonné sur le sol dur, ses vêtements étaient trempés de sueur. Parfois, il entendait un pas – le bruit lancinant des bottes du garde faisant les cent pas à quelques mètres de lui. Celui-ci ne lui adressait pas la parole, ni ne le regardait. Il n'y avait eu qu'un seul changement de garde depuis qu'il était là, quelques instants plus tôt, ou quelques heures plus tôt, il ne savait plus. Était-ce avant ou après les coups de feu qu'il avait entendu par la fenêtre? Un long frisson derrière la nuque l'avait tenu en alerte. Il n'était pas lâche, mais la situation ne présentait aucun avantage pour lui.

Après sa discussion avec Dawara dans la salle de séjour, il avait eu le temps de réfléchir à la situation. Un coup d'État impliquait une organisation bien huilée. Le Général Dawara et sa petite troupe d'élite ne pouvaient pas avoir pris le contrôle du pays. Cela ne faisait tout au plus qu'une centaine d'hommes. Tenir le palais présidentiel et la capitale ne voulait pas dire posséder le pouvoir et diriger le pays. Samourié se conforta dans l'idée que la situation n'était pas si dramatique.

Le Général Dawara était mythomane, mais il était surtout paresseux, il n'aurait pas pu organiser une rébellion générale dans tout le pays, cela prenait beaucoup d'argent et des hommes. Chaque fois qu'il le croisait, il lui faisait penser à un vieux dictateur dont la propagande et les hauts faits étaient enseignés en sciences politiques, lors d'un cours sur les coups d'État. Uniforme trop serré, cigare puant, lunette fumée et discours creux. Tout le portrait de Dawara.

Ce que Samourié ne comprenait pas c'était pourquoi le meilleur ami de son père s'était retourné contre lui? Il faudrait le lui demander lors de leur prochain face à face. Samourié n'eut pas la chance de recroiser le Général Dawara. Alors qu'il se posait des questions, un violent coup de pied dans les côtes lui coupa le souffle. Et un autre, et un autre encore. Du coin de l'œil, il aperçut un très jeune soldat, presque un enfant, seize ans, tout au plus. Samourié n'avait aucun souvenir que la garde présidentielle comptait des enfants dans ses rangs. Un autre coup dans ses reins stoppa net le cours de ses pensées. Rester lucide, ne pas s'évanouir, c'était sa planche de salut.

– Suffit!

L'ordre donné sur un ton sec, sembla s'étouffer dans la moiteur de l'atmosphère. Un homme droit et sec s'approcha.

– Attache-le sur une chaise. Nous avons à causer lui et moi.

L'adolescent agrippa Samourié sous les épaules et le tira vers une chaise. Samourié, bien nourri et musclé, était lourd, l'adolescent maigrelet soufflait bruyamment, en plus d'être gêné par son arme trop lourde pour lui.

L'homme qui avait donné les ordres approcha une autre chaise et se plaça devant Samourié. Lorsqu'il lui retira son bâillon, Samourié reprit son souffle, mais l'air brûlant lui serra les poumons.

– Tu ne fais plus le fanfaron? Je t'ai déjà vu plus causant.

Samourié regarda l'homme qui s'adressait à lui. La voix lui rappelait vaguement quelqu'un, mais il n'arrivait pas à se souvenir.

– Tu ne me reconnais pas? Je suis déçu, vraiment déçu.

Fermant les yeux, Samourié tenta de rassembler ses souvenirs.

– Oui, écoute bien ma voix. Je suis certain qu'elle te dit quelque chose. Tu avais seize ou dix-sept ans. Tu étais entré dans un bar, sans savoir où tu mettais les pieds. Il y avait des femmes qui dansaient sur des tabourets. Tu cherchais une aventure, enfin c'est ce que je croyais.

Samourié frémit, il venait de se rappeler cette nuit sinistre, où il s'était disputé avec son père, à propos d'aller étudier en Angleterre. Claquant la porte, il avait marché sans but jusqu'au quartier mal famé des canaux, pratiquement des égouts à ciel ouvert. La puanteur s'infiltrait dans les pores de sa peau. Mais il s'en moquait, la colère semblait ne pas vouloir le quitter. Il était entré dans un bar sombre, enfumé et bruyant. La vue des femmes nues se déhanchant sur des tabourets devant des hommes indifférents l'avait dégouté.

Dans tous les coins, des hommes parlaient ou se chuchotaient à l'oreille, pour arriver à s'entendre par-dessus la musique. Une femme avec un plateau passa à côté de lui et lui cria quelque chose. Sa mauvaise haleine le fit reculer. Elle insista, jusqu'à ce qu'il ait compris qu'elle lui demandait s'il voulait boire quelque chose. Tout d'abord, il fit non, mais l'air sévère de la serveuse lui disait qu'il ferait mieux de commander un verre, ou elle le mettrait dehors elle-même. Il regarda autour de lui pour voir ce que les autres hommes buvaient. Un homme grassouillet, passant derrière la serveuse en lui pinçant une fesse, cria qu'il voulait une bière.

La serveuse gloussa bruyamment dévoilant une rangée de dents noircies.

– Une bière, cria-t-il en se détournant.

Voyant un fauteuil libre, il s'assit, fasciné par une vieille noire à la peau flétrie qui se battait contre l'agrafe de son soutien-gorge, en continuant de se déhancher d'une façon qui se voulait langoureuse, mais qui manquait sérieusement de coordination.

– Et une bière pour la viande fraîche!

N'aimant pas vraiment se faire comparer à de la viande, Samourié paya rapidement et prit une gorgée. Il se retint pour ne pas cracher la répugnante mixture, chaude et fade sur le plancher.

– Ce n'est pas très savoureux n'est-ce pas?

L'homme qui s'adressait à lui venait de prendre le fauteuil libre juste à côté. Tout en lui était anguleux et sec, comme une branche de baobab brûlée par le soleil. Sa bouche n'était qu'une fente où les lèvres, sans chair, se confondaient avec sa peau noire.

– Tu m'as l'air un peu loin de ton élément, mon garçon.

– Ouais peut-être, mais, j'aime l'aventure et les nouvelles expériences, dit-il en tentant de se donner un peu de contenance pour ne pas passer pour un gamin.

Samourié était loin de se sentir aussi confiant qu'il tentait de le faire croire. Il se souvenait qu'à ce moment précis il avait eu l'impulsion de se lever et de s'en aller sans regarder en arrière. Mais son père l'avait traité de trouillard et il voulait lui montrer qu'il n'en était pas un. La colère l'avait gardé cloué sur sa chaise.

– Allez fiston! Je te raccompagne! Ta mère doit te chercher.

Samourié avait bombé le torse encore un peu plus.

– Non, je vais bien. Je veux profiter du spectacle.

Il avait pris une autre gorgée de bière, qu'il avait avalée avec l'air de quelqu'un qui veut faire croire qu'il boit un élixir divin. L'homme avait ri et avait trinqué avec lui.

Oui, Samourié se rappelait très bien de cet être abject. Il leva un regard haineux sur l'homme qui le toisait d'un air triomphant.

– Tu commences à te rappeler, n'est-ce pas fiston?

Samourié cracha le sang qui lui remplissait la bouche. Sur le visage de l'homme il vit une longue cicatrice qui lui traversait la tempe gauche et la moitié du front.

– Oui, c'est toi qui m'as fait ça. Je suis chanceux de ne pas être mort, tu m'as salement amoché.

Samourié replongea dans ses souvenirs. Tout était confus. Vaguement il se souvint que l'homme avait commandé une bouteille de whisky.

– Bon! J'en ai assez de boire de la pisse de chat. Nous allons boire comme de vrais hommes. Tiens! Cul sec!

Samourié avait rugi après le premier verre et aussi après le deuxième, lorsque le feu de l'alcool lui avait enflammé les tripes. Il ne se souvenait que du rire engageant de son compagnon qui le faisait boire verre après verre.

Ivre, Samourié s'était levé prétendant vouloir aider la danseuse fanée, avec son soutien-gorge. Il n'avait pas eu le temps de la toucher, une main énorme l'avait agrippé et jeté dehors, sans ménagement, près d'un tas de déchets. L'homme l'avait suivi en riant, la bouteille de whisky dans les mains.

– Allez fiston! Viens! On va finir la bouteille dans un coin tranquille.

Bras dessus, bras dessous, ils avaient marché le long des canaux. Samourié entendait des voix sensuelles qui l'appelaient de tout côté. Il suivit l'homme jusqu'à un coin sombre sous un viaduc.

– Ici, nous serons tranquilles.

Samourié s'était écroulé par terre en proie à des nausées violente, l'odeur écœurante des ruelles, lui retournait l'estomac.

– Bon, il ne manquait plus que ça! Et ça se dit un homme!

Samourié avait vomi ses entrailles dans le canal, l'eau sale engloutissant les restes de son souper. S'essuyant les yeux de la sueur qui coulait de son front, il essaya de se lever lorsqu'il sentit l'homme s'approcher de lui.

– Maintenant que tu as l'estomac vide, tu es prêt pour manger ce que j'ai à t'offrir.

Samourié sentit qu'on lui prenait la tête et qu'on forçait un objet dans sa bouche. C'était chaud et tiède, une odeur acre réveilla sa nausée et il décida de garder la bouche résolument fermée.

– Allez fiston! Montre-moi que t'es un homme.

La pression sur sa tête se fit plus forte et il finit par ouvrir la bouche. Il réussit à ouvrir les yeux, malgré la sueur piquante et il vit l'autre, les pantalons baissés, qui tentait d'introduire son sexe dans sa bouche. D'un coup, il poussa l'homme qui tomba par terre en ricanant.

– Tu es sauvage, j'adore ça. Ça prendra un peu de temps pour t'apprivoiser mais j'aime les défis!

– Non, mais t'es malade!

– Je croyais que c'était ce que tu voulais. Tu m'as parlé d'aventures et d'expériences, c'est ce que je t'offre. Faut savoir ce que tu veux, fiston!

– Je ne suis pas ton fiston!

Les yeux toujours irrités, mais ouverts, Samourié se mit à frapper l'homme déculotté par terre devant lui, partout où son pied pouvait l'atteindre. L'autre tentait de fuir, implorant sa pitié, mais Samourié frappait et frappait, maintenant complètement dégrisé. Il le frappa à la tête, dans le dos, sur le visage, aucun endroit ne fut épargné. À bout de souffle et de colère, Samourié arrêta. Déjà, l'homme avait cessé de l'implorer et ne faisait plus que gémir tassé dans un coin.

– Pédale!

Samourié cracha sur l'homme et s'enfuit. En marchant le long des canaux, il croisa des femmes le visage peinturé de couleurs criardes.

– Viens chéri! Viens t'amuser un peu! Ne sois pas aussi pressé!

– Laisse-le! C'est d'la chair de pétasse. T'as pas vu qu'il était avec un homme tout à l'heure!

– Viens ici, mon chéri! Nous on peut te montrer ce que tu manques.

– Laissez-moi tranquille!

– Oh! Mais, c'est qu'elle n'est pas contente la petite chérie!

Samourié boucha ses oreilles pour ne pas entendre les rires et les quolibets qui le poursuivirent longtemps, résonnant encore à ses oreilles même blotti dans son lit.

Samourié ne put retenir une grimace de répulsion au souvenir de cette fameuse nuit. Le goût âcre qu'il gardait enfoui dans ses souvenirs, lui revint avec dégout. De nouveau, il cracha par terre.

– Je vois que tu te souviens de moi fiston. Je me demande encore ce que tu pouvais bien foutre dans ce trou perdu. Tu sais que j'ai attendu ce jour très longtemps, affirma l'homme avec un sourire moqueur.

– Comment m'avez-vous retrouvé?

– Tu veux rire? Tu poses fièrement ta sale gueule sur tous les magazines à potins du monde entier. Ah! Ah! Tu es plus naïf que je ne le croyais. Samourié, Samourié... Toutes les nuits, j'ai rêvé de ton petit cul présidentiel. Maintenant que tu es à ma merci, je vais peut-être me le farcir une fois ou deux.

Un long frisson visqueux fit trembler Samourié un instant. Le jeune garde éclata d'un rire clair et juvénile et s'alluma une cigarette. La bibliothèque, où Samourié aimait se réfugier pour être en silence, lui sembla étouffante tout d'un coup. Le rire de l'homme résonnait sur les murs, happés par les livres. Tous les instants paisibles qu'il avait vécu ici avec son père, semblaient vouloir se dissoudre dans la fumée amère. Dans le silence des après-midis où son père ne voulait pas faire la sieste, préoccupé par la destinée du pays, il venait y lire. Jeune, il venait aussi l'épier, jusqu'à ce que son père le trouve, un matin, endormi derrière un fauteuil. Depuis ce jour, quand les deux étaient au palais, ils venaient, ensemble, passer des moments de tranquillité. Samourié puisa dans ses souvenirs la force de rester lucide. La douleur commençait à se répandre dans son corps. Assis sur la chaise inconfortable, ses côtes le faisaient horriblement souffrir.

– Je m'appelle Joseph. Tu sais que tu ne m'as jamais demandé mon nom. Je t'ai trouvé très impoli, mais ce n'est pas étonnant. Tu dois encore croire que tout le monde te doit respect, mais que l'inverse n'est pas nécessaire.

Il observa Samourié un instant. Ce n'était plus l'adolescent frondeur de cette nuit-là, c'était maintenant un homme.

– Je les préfère plus jeunes, mais tu feras l'affaire. En ces temps troublés, la chair fraîche se fait rare. Hakim! Salim! Venez ici!

Le jeune garde entra suivi d'un autre.

– Oui, Chef! dirent-ils en cœur.

– Déshabillez-le!

Hakim sourit béatement. Il avait toujours su qu'il ne serait pas attiré par les femmes. Mais comment devenir un homme quand on ne rêve que de muscle? Son père l'avait battu après l'avoir surpris en train de se branler devant un magazine d'hommes nus. La nuit suivante, Hakim s'était enfui de la maison. Et pour la première fois, il déshabillait un homme aussi beau et bien fait que Samourié. Jusque-là, survie oblige, il avait fait la rue et ne s'était fait prendre que par des vieux dans des coins sombres, qui, leur affaire finie, lui jetait quelques pièces.

Il avait rencontré le Chef quelques mois plus tôt et il ne l'avait plus quitté. Hakim avait enfin eu un repas par jour et une paillasse confortable pour dormir. Ensuite, on lui avait donné un uniforme de la garde présidentielle et une arme. Mais c'était la première fois qu'il venait au palais. On lui avait fait miroiter la fortune et la gloire. Ça commençait bien.

Salim, lui, adorait les femmes. Hakim l'avait recruté pour faire partie de la garde personnelle du Chef. Cela faisait seulement trois jours qu'il traînait dans les rues après que sa mère l'eu jeté dehors parce qu'il avait déshonoré la fille du voisin. Il y avait des avantages à faire partie des gardes, mais il détestait quand le Chef se promenait parmi les rangs de jeunes hommes pour choisir son mignon, celui avec qui il passerait la nuit. Salim avait les yeux d'un ange, les traits doux et le corps svelte. Les filles tombaient rapidement sous son charme.

Le Chef aussi avait été charmé et Salim avait compris que sa vie dépendait de sa docilité. Un autre jeune gars était arrivé quelques jours après lui, et après sa nuit avec le Chef, on ne l'avait plus jamais revu.

Les deux garçons déshabillèrent, ou plutôt arrachèrent les vêtements de Samourié, évitant de défaire les liens. Hakim avec un air d'envie, Salim avec hâte pour pouvoir sortir le plus rapidement possible de la pièce.

– Va Salim, je ne te retiens pas. Hakim, tu peux rester pour apprécier le spectacle et t'instruire.

Salim sortit sans demander son reste.

– Et maintenant fiston, que vas-tu faire? Courir comme un bébé? Appeler ta mère?

Tout en parlant, le Chef s'était approché de Samourié et du bout de la cravache qu'il gardait avec lui constamment, lui caressa le dos, les fesses et le ventre. Sans avertissement, il lui donna un coup dans les jambes. Samourié fléchit les genoux, mais resta debout.

– Tiens on résiste! À genoux chien!

Un autre coup de cravache derrière les genoux le fit tomber. Derrière lui, le Chef s'activait à défaire son pantalon. Il montra à un Hakim frétillant, un membre long et foncé au gland rouge et turgescent. S'agenouillant derrière Samourié, il lui flatta les fesses du bout de sa queue.

– Dis-moi que tu en veux? N'as-tu pas rêvé de moi toutes ces nuits où tu étais seul? Dis-moi Hakim, n'as-tu pas envie de le préparer pour moi? Je suis trop vieux pour les culs serrés.

Hakim se leva d'un bond, son sexe déjà gonflé sous son pantalon. Alors qu'il s'approchait de Samourié, la porte de la bibliothèque s'ouvrit.

– Ça suffit les pédales! Laissez-le!, retentit la voix grave du Général Dawara.

– Mais Général, tu m'as dit...

Le Général soupira, c'était tellement plus simple lorsqu'il pouvait pendre ces vermines d'homosexuel. Être témoin de ces insanités, commençait à être lassant.

– Je t'ai dit de le faire parler, pas de le convertir. Je veux savoir où il met l'argent, je veux les numéros de comptes, le nom des banques, où il planque les papiers, tout. Tu auras ta vengeance après. Je te le laisserai et tu en feras ce que tu veux. Remets ça dans ton pantalon, c'est dégoutant. Maintenant, sortez, je vais prendre de vrais hommes pour faire ce travail-là.

En sortant, Hakim vit un sourire flotter sur le visage de Salim, qui s'empressa de le cacher lorsqu'il se sentit observé.

– Tu vas me le payer sale fouine, gronda Hakim entre ses dents.

– Pédé, murmura Salim à son tour.

Hakim ne se retourna pas, mais se jura d'avoir la tête de cette graine pourrie qui ne pouvait que faire du tort.

– Comment t'appelles-tu garçon?

– Salim, mon Général!

– Viens un peu ici, je vais te montrer comment travaille un vrai homme.

Hakim qui entendit cette dernière phrase serra les poings, décidé plus que jamais à se débarrasser de cet arrogant de Salim.

– Chef? Est-ce que je peux vous parler?, commença Hakim d'un air malin.

– Oui mon garçon, qu'y a-t-il?

– C'est Salim! Je pense qu'il faut se méfier. C'est lui qui a averti le Général.

– Je sais, mais il est jeune encore…

Hakim vit dans les yeux du Chef passer une lueur attendrie. Depuis que Salim était arrivé dans la compagnie, il voyait souvent le Chef poser un regard doux sur Salim. Hakim devrait donc s'organiser tout seul pour éloigner le concurrent. C'était lui Hakim le préféré et il le resterait.

Samourié poussa un soupir de soulagement lorsqu'il entendit la porte s'ouvrir. Peu importe qui c'était ou quel nouveau supplice cela amènerait, il le préférait à se faire enculer par un misogyne pustuleux.

– Ne suis-je pas ton meilleur ami Samourié? Si je l'avais laissé faire, tu imagines le scandale. Ah! Ah! Il me faut un appareil-photo. Salim, tu me trouveras un appareil-photo. Joseph va adorer se faire photographier durant ses ébats.

Samourié baissa la tête. La journée n'était pas encore finie, combien de temps encore allait-il endurer les conneries de cette bande de débiles?

Le Général se tourna vers les trois hommes qui étaient entrés avec lui. Aucun d'eux n'avait bronché durant toute la scène. Ils étaient entraînés à suivre des ordres et non à les discuter ou les commenter.

– Je veux tout savoir, vous m'avez bien compris?

– Oui mon Général!

Satisfait, le Général Dawara jeta un dernier coup d'œil à Samourié toujours agenouillé.

– Mettez-lui au moins des pantalons. On ne voudrait pas qu'il pisse partout. Gardez-le conscient, je reviendrai demain matin pour voir, où vous en êtes.

Le Général sortit de la pièce en sifflotant. Tout allait bien. Trop bien peut-être. Cette histoire de compte de banque secret commençait à lui peser. Ils avaient fouillé la maison au peigne fin tout l'avant-midi et ils n'avaient rien trouvé. Même le coffre-fort ne contenait rien, à part quelques breloques familiales, les extraits de naissance et les testaments. Même dans les testaments aucune mention n'était faite d'une fortune cachée dans un paradis fiscal. D'instinct, il savait que c'était Samourié qui devait être à la source de tout cet argent. Il avait étudié en économie dans une grande université européenne, et depuis son retour il y a deux ans, c'était lui qui administrait la fortune familiale. Il l'avait fait fructifier pour assurer à chacun des descendants une vie confortable. Il avait aussi créé un fonds à l'initiative de sa mère, pour les orphelinats et les écoles. L'interrogatoire du ministre des Finances n'avait rien donné non plus à ce sujet. En plus, il avait failli leur péter une crise cardiaque en plein milieu de l'interrogatoire.

Le Général retourna dans le bureau, lire les communiqués des différentes factions qui annonçaient les prises de contrôle des différents coins du pays. Tout se passait bien. Trop bien peut-être.

Dans quelques jours, il aurait les réactions de la communauté internationale. Mais les investisseurs mystérieux lui avaient dit de ne pas s'inquiéter. L'opinion internationale les soutiendrait.

Dawara avait compris que moins il posait de questions, plus il avait de chance d'être encore en vie après toute cette histoire. Moins il en savait, mieux ça serait. Il ne pouvait qu'admirer la mise en œuvre du plan élaboré depuis des mois et qui fonctionnait à merveille. L'argent était apparut dans les comptes, les armes avaient été acheminées et distribuées. Et lui, Dawara, mettait fin à une décennie d'abus de ce faux ami du peuple. On devrait me donner une médaille, pensa-t-il en éclatant de rire.

*** *** ***

4

Vers cinq heures, Michael Finley put enfin s'asseoir et respirer. Penser. Arrêter de courir et réfléchir. Sa mère lui avait laissé un message en début d'après-midi pour lui dire qu'il était arrivé quelque chose de grave. Michael avait tout de suite pensé à son père. Ils ne s'entendaient pas très bien, mais Michael avait toujours pensé qu'ils auraient au moins le temps d'une vraie discussion d'homme à homme avant la fin. Penser à la mort, la sienne, mais surtout celle de ses proches le faisait toujours angoisser. L'argent ne pouvait pas acheter de sursis.

Michael secoua la tête. Il avait parlé à son père en milieu d'après-midi et il se portait très bien et ils pourraient surement se détester cordialement encore longtemps. Son père vivrait facilement jusqu'à cent ans, juste pour être derrière lui et juger de tout ce qu'il ferait jusqu'à sa propre mort. En y pensant bien, son père serait sûrement très heureux de mettre son propre fils dans la tombe.

Michael chassa cette pensée de son esprit. Peu importe la relation qu'ils entretenaient, Michael était convaincu que son père l'aimait. Alistair Finley ne mettrait pas autant d'énergie et d'attention à lui dire quoi faire, s'il ne l'aimait pas. Enfin, essayait-il de s'en convaincre. Sa mère le lui assurait, mais prise entre les deux elle n'avait jamais pu faire grand-chose.

– Maman!

Michael se rappela soudain qu'il ne l'avait pas rappelé. Prenant le combiné du téléphone, il spécula sur les nouvelles graves qu'elle avait à lui annoncer.

– Maman, c'est moi, lança-t-il affectueusement.

– Enfin, Michael! As-tu regardé la télévision?

– Maman je ne regarde jamais la télévision. Veux-tu bien me dire ce qui se passe?

– C'est Samourié, répondit-elle inquiète.

– Quoi Sam? Qu'est-ce qui lui arrive?

Irène, sa mère, adorait Samourié, comme un fils. Elle le trouvait charmant, poli et bien élevé. Michael avait toujours pensé que c'était parce qu'il était fils de président et que ça lui donnait auprès de sa mère un droit d'entrée dans son cœur. Sa mère était adorable, mais la vie d'oisiveté à laquelle elle avait toujours été habituée la rendait à plusieurs égards, superficielle. Le statut social des amis de son fils ne lui échappait pas et chacun avait la part d'attention qui lui était due. Michael n'osait imaginer que si Mamburo perdait les prochaines élections, Samourié perdrait les faveurs de sa mère.

– Il y a eu un coup d'État.

– Un coup d'État?

Ses doigts se mirent à cliqueter sur le clavier.

– Oui, d'après les informations, des rebelles auraient pris d'assaut le palais présidentiel et fait prisonnier Samourié et sa famille. Il y aurait des centaines de morts. Son père, le président, un homme si charmant…

Michael bondit.

– C'est impossible! Qui voudrait faire ça?

Michael réfléchit à toute vitesse. Il connaissait peu l'entourage du président Mamburo, sauf pour ce que Sam lui en avait dit. Merde, il n'arrivait pas à se rappeler. Ses doigts tapaient furieusement le clavier. Sur l'écran, il ouvrait des pages et des pages de journaux en ligne, cherchant la moindre info.

Non, je ne sais pas... C'est compliqué tout ça. Je suis inquiète, tu sais. Un si gentil garçon.

Michael se retint pour ne pas crier au téléphone. La panique commençait à s'insinuer sournoisement derrière sa raison. C'était toujours Sam qui le calmait. Mais maintenant Sam...

— Maman, je te laisse, je vais essayer d'en savoir plus.

— D'accord mon chéri. Tu viens toujours manger à la maison ce soir?

Michael fit une pause. Il ne se sentait pas la force d'endurer un dîner avec ses parents ce soir. La journée avait été longue et en plus cette nébuleuse histoire à propos de Sam. Juste d'imaginer son père le visage fermé mais l'oreille à l'affût de la moindre imperfection et sa mère meublant le silence de son incessant babillage de banalités, il frissonna.

— Non maman. Je vais essayer d'en savoir plus sur ce qui se passe. Ça risque de prendre du temps, répondit-il d'un ton las.

— D'accord, mon chéri. Donne-moi des nouvelles aussitôt que tu peux. Et tu sais, peut-être que ton père pourrait faire quelque chose.

— Oui, oui, maman.

Quelle aide son père pourrait-il bien lui offrir? Comme homme d'affaires, son père était sans pareil, avisé, créatif et absolument sans limites. Mais lorsqu'il s'agissait de politique, il devenait intransigeant, nerveux et impatient avec tous ceux qui ne partageaient pas ses vues. Michael ne partageait pas sa vision, surtout lorsqu'il était question de l'Afrique. Sam avait goûté à sa médecine une fois, lors d'un dîner mémorable où ils s'étaient finalement enfuis avec deux bouteilles de champagne. Ensemble, ils avaient refait le monde. Cette nuit-là, Sam lui avait annoncé qu'il repartait chez lui.

Posant ses pieds sur le bureau, Michael attendit d'avoir un éclair de génie. Une idée, n'importe quoi pour calmer l'angoisse qui lui nouait les tripes. Sam...

— Merde, quelle histoire!

Michael détestait l'inaction, ne pas savoir que faire; il devait faire quelque chose. Partir au Baranté? Ridicule, s'il y avait vraiment un coup d'État, ça serait la folie pour sortir de là, donc difficile d'y entrer. Appeler quelqu'un. Qui? Les copains du collège? Ils pourraient tous angoisser ensemble et cela serait contre-productif. Michael tourna en rond plusieurs minutes dans son vaste bureau. Ce qu'il avait toujours craint arrivait. Si quelque chose arrivait à Sam c'était à lui de prendre en charge la succession et de s'occuper de tous les détails concernant les placements et les...

— Il n'est même pas mort!

Sa voix le fit sursauter. En fait, mort ou non, il n'en savait rien. Michael regarda l'écran de son ordinateur à nouveau et poursuivit sa quête d'information. La seule information valable n'était qu'un communiqué émis par l'Alliance africaine, qui ne disait rien de plus que ce qu'il ne savait déjà, soit rien.

— Monsieur, je quitte dans quelques instants, avez-vous besoin de quelque chose?, lui demanda Sandrine, son adjointe toujours aussi dévouée.

— Merci Sandrine, tout va bien. Je vais travailler tard. Je me ferai un sandwich dans la cuisine.

— Bien monsieur, bonsoir.

Michael soupira, il se sentait si loin. Sam et lui était les meilleurs amis du monde et la simple idée que quelque chose ait pu lui arriver, le paralysait. S'il y avait vraiment eu un coup d'État, Michael ne pouvait s'imaginer l'ampleur de la crise qui s'en suivrait. Sam et lui avait établis des codes pour s'envoyer des signaux lorsque quelque chose n'allait pas et Michael passa l'heure suivante à chercher les messages que Samourié aurait pu lui envoyer. L'absence de message voulait-elle dire que tout allait bien? Ou peut-être n'avait-il simplement aucun moyen d'envoyer un message?

Un bruit dans la pièce à côté lui fit soudain lever la tête. Des voix, lui sembla-t-il. Il était presque dix-huit heures trente, le temps semblait filer à toute vitesse. Sandrine était toujours la dernière à partir et elle était partie déjà, ce ne pouvait donc être elle. Le concierge peut-être?

Michael sentit son cœur accélérer dans sa poitrine. Il activa la protection sur son ordinateur et se leva pour voir qui pouvait être au bureau à une telle heure.

Une exclamation, aussitôt étouffée, le fit reculer. Il se dirigea jusqu'à une porte dérobée au fond de son bureau. En poussant le buste de Beethoven placé sur un socle dans un coin de la pièce, une partie du mur coulissa révélant un escalier qui descendait d'un étage. Il s'y engouffra juste à temps. Deux hommes venaient d'entrer.

– C'est son bureau.

– Nous n'avons pas beaucoup de temps Hervé, dépêchons-nous!

– Nous avons tout le temps qui nous plaira, il n'y a plus personne dans ce bureau. Il dîne chez ses parents ce soir, et papa Finley ne supporte pas les retards.

– Les lumières sont encore allumées…

– Putain Ricky! C'est un bureau, les lumières ne sont jamais éteintes!

– Quelle logique implacable, cher ami!

– Allez! Cesse de placoter et fait de la magie avec cet ordinateur.

– Oui mon adjudant!

Hervé Bartod, un baraqué de six pieds quatre pouces, fit le tour de la pièce, pendant que Ricky, son comparse, s'installait devant l'écran de l'ordinateur. Les ordres étaient clairs, ils devaient recopier entièrement le disque dur de l'ordinateur. Ricky « Binaire » Haley était un champion du piratage d'ordinateur, ça serait donc un jeu d'enfant.

– Merde!

– Quoi? Qu'est-ce qu'il y a Ricky?

– Il y a un mot de passe...

– Et après? Tu vas nous trouver ça en deux temps trois mouvements. Essaie le nom de sa mère?

Derrière le mur, Michael écoutait en riant sous cape. Effectivement, c'était le nom de sa mère qui agissait à titre de mot de passe.

– Le petit con! C'est vraiment le nom de sa mère.

Ricky sourit et commença le transfert de données. Ça ne prendrait que quelques minutes. Michael sourit de son côté. Son ordinateur contenait tout de même des informations confidentielles sur ses clients et il avait installé une deuxième protection invisible qui bloquait l'accès aux données. Toute tentative de retrait d'information non autorisée activait un virus qui atteindrait l'ordinateur qui tenterait de les lire par la suite.

Michael avait pris ces précautions pour protéger la confidentialité des dossiers de ses très importants clients, entre autres. Les informations étaient ainsi encrypté sur un autre serveur et se trouvait en accédant à une page Internet qui dissimulait un hyperlien où il fallait un autre mot de passe chiffré, que l'on décodait avec une clef spéciale. S'ils arrivaient à le découvrir, ils étaient vraiment forts, mais Michael ne s'inquiétait pas outre mesure.

Dans le monde de la finance, on ne jouait pas avec l'argent des gens, surtout des gros bonnets à qui l'on faisait faire de l'argent à l'abri de l'impôt. Il l'avait fait aussi par jeu. À ces heures, Michael était aussi *ThisGuyAgain*, un pirate informatique mondialement connu, qui avait fait la manchette des journaux financiers pour avoir pénétré des réseaux comme celui de la BNP et de la Réserve fédérale américaine. La CIA avait aussi eu affaire à lui. Personne n'aurait cru être en face d'un crack de l'informatique quand on le voyait. Grand, blond et athlétique, il avait été quart-arrière dans l'équipe de rugby d'Oxford et il avait brillamment réussi ses études en économie. Travaillant pour la compagnie de son père, il gardait l'image du fils à papa docile, un peu superficiel et sans autres ambitions que de succéder à son père. Mais sa rencontre avec Samourié avait changé ses perspectives.

– C'est vraiment trop facile. Te souviens-tu du nom de la compagnie qui s'occupe de la sécurité?

– Attends j'ai ça ici… Normtek Dual Security System.

– Je les connais, j'ai l'habitude de tester leurs systèmes. Je crois que c'est plutôt le fils Finley qui est un peu attardé. Il doit avoir peur d'oublier son mot de passe, je suis même certain qu'il le garde dans le premier tiroir de son bureau.

Pour tester son intuition, Ricky ouvrit le premier tiroir, sur lequel se trouvait une clé, juste à droite de la chaise. Dans un fouillis de crayons, stylos, gommes à effacer, punaises et trombones, il trouva le mot de passe sur un papier collé au fond du tiroir

Utilisateur : mfinley
MDP : Irène

– Ah! Voyez-vous ça?

– Je vois, je vois! Est-ce bientôt terminé?

– On s'engourdit les muscles? Désolé que tu n'aies eu personne à tabasser. C'est du boulot propre pour une fois.

– Bah! Je me reprendrai, quand on quittera ce pays et sa flotte de merde.

– Mais quoi? Ils sont charmants les Britanniques, dit Ricky en éclatant de rire.

– Moi je préfère le doux climat du sud de la France, dit-il en accentuant son accent du Midi.

– Allez Hervé, on se tire d'ici.

– Ce n'est pas trop tôt, soupira le comparse.

Michael attendit encore quelques minutes après leur départ, avant de sortir de sa cachette. Cela lui avait donné le temps de réfléchir à la présence des deux hommes dans son bureau. Est-ce que cela avait un rapport avec Sam et le coup d'État? La coïncidence était trop parfaite. Par contre, personne n'était au courant de quoi que ce soit qui justifierait une intrusion dans ses dossiers. Ils avaient réussi à faire parler Sam.

– C'est impossible, il n'aurait jamais parlé. Il aurait préféré mourir, murmura-t-il debout devant une photo de lui et Sam après un match de rugby.

La possibilité de la mort de Sam l'atteignit comme un coup de masse derrière la nuque. Il s'écroula derrière son bureau.

– Je sentais bien que l'on n'était pas seul, ricana Hervé, le molosse.

– Merde Hervé, j'espère que tu ne l'as pas achevé. Papa Finley ne veut pas que l'on fasse une seule minuscule égratignure à son petit junior.

Ricky prit le téléphone et Hervé grogna, indifférent.

– M. Finley?

– …

– Oui, il est inconscient.

– …

– Parfait on vous attend.

*** *** ***

5

Le soleil se coucha enfin sur le Baranté. Koné Mamburo était épuisé. Cette journée avait été la plus longue de sa vie. Même la première fois qu'il avait été élu, il était passé par des dizaines d'émotions, mais jamais comme aujourd'hui. La peur, la fatigue, l'attente, le désabusement, la honte de voir ses amis se retourner contre lui. En qui pouvait-il avoir confiance?

Le jour de l'élection, tout le monde avait craint une guerre civile, mais la plupart des chefs de guerre avaient soit été désarmés, s'étaient ralliés ou encore avaient été tués dans les échauffourées. Mamburo n'était pas toujours fier des gestes qui avaient été posés pour sortir le pays du chaos, mais il avait fait amende honorable et durant la sécheresse qui s'était abattue presque en même temps, il avait su rallier le peuple à l'intérêt commun.

Le discours qu'il avait prononcé quelques jours plus tard, quand le décompte des voix fut terminé et que sa victoire fut officialisée, le fit sourire. Lui revenaient ses erreurs, ses grands projets, mais surtout sa vision d'une Afrique qui participe à son développement. Pour l'instant, la maladie, la famine, l'exploitation des ressources et le dumping contribuaient à garder le continent dépendant de l'aide internationale.

Seul dans la salle de réception depuis plusieurs heures, il avait eu le temps de réfléchir à ses douze années à la présidence. La première fois qu'il avait mit le pied dans le palais présidentiel, il l'avait trouvé trop grand. Grand, vide et sale. Après l'euphorie de la victoire, c'était l'heure de la corvée. Avec son meilleur ami, Jacques, ils avaient relevé leurs manches et avaient commencé le grand nettoyage. Ça aussi avait fait parti de son premier discours. « Participons à la Grande Corvée. Le pays à besoin d'un bon nettoyage. Nous marcherons dans nos rues, nos communes et nos villages, fiers d'être Barantéen! »

Mamburo sourit encore en repensant à cette petite fille debout au milieu de la fontaine asséchée du grand marché, jetant par-dessus le muret les déchets qui s'y trouvaient. Deux autres gamins évaluaient la valeur des objets. Peut-être pourraient-ils vendre quelques morceaux? Attendris, il leur avait dit d'apporter tout ce qu'ils trouveraient au palais et de demander pour Baba Mamburo, il achèterait tout.

La tête de son père était un véritable spectacle alors que trois fois par jour des dizaines et des dizaines d'enfants arrivaient au palais demandant à le voir pour lui vendre des tas de choses inutiles. C'était aussi à ce moment-là que sa précieuse Sarah s'était intéressée aux enfants, effarée de voir autant d'orphelins affamés traîner dans les rues. D'ailleurs, ils avaient eu une dispute à ce sujet. Les écuries ne servant plus, elle voulait les transformer en orphelinat et prendre la cabane du palefrenier pour faire une salle de classe. Il s'y était vivement opposé. Sarah avait quand même installé les enfants dans l'écurie et avait trouvé un ancien maître pour faire la classe. Chaque jour, des enfants arrivaient pour vivre chez Ama Sarah au palais présidentiel et elle les accueillait tous, comme des rois. Bientôt, il n'y eut plus assez de place et Mamburo dut se rendre à l'évidence, Sarah ne dérogerait pas de son idée.

– Bon, vas-y, construis tout ce que tu veux, mais je ne veux plus voir un seul enfant vagabonder sous ma fenêtre quand je travaille.

– J'ai une meilleure idée, avait-elle répondu malicieusement.

– Tout ce que tu veux!

Mamburo ne s'était pas méfié, tout était mieux que cette cohue perpétuelle.

– Mon cher époux, tu viens de me nommer ministre de la Famille et de l'Éducation.

– Attends...

– Non, mon cher, tu m'as dit tout ce que je veux! Comment veux-tu que je m'occupe seule de tous ces enfants? Non, nous devons faire une politique familiale. Les parents jettent leurs enfants à la rue quand ils ne peuvent plus les nourrir. Laisse-moi rencontrer le Grand conseil, je vous exposerai mes idées.

Longuement, il l'avait regardé, elle était si belle, si déterminée. Fille d'une Mamé puissante, elle avait hérité d'un cœur d'or et d'un sens du devoir hors du commun. C'était l'épouse parfaite pour un président.

– Sarah, mon adoré. Ma reine dorée. Pardonne-moi...

Une larme coupable roula sur ses joues brûlantes. Le soleil couchant filtrait dans les interstices des persiennes closes de la salle de séjour. La journée semblait ne jamais vouloir prendre fin. Y aurait-il un prochain lever de soleil? Combien de jours verrait-il encore avant qu'ils ne se débarrassent de lui? Poserait-il encore ses yeux sur le visage de sa bien-aimée? Prendrait-il sur ses genoux ses enfants? Serrerait-il contre son cœur Samourié, son premier-né? Il frémit au souvenir du sang qui tachait sa chemise. Qu'allaient-ils lui faire?

Mamburo ferma les yeux, physiquement il pouvait endurer la faim et la douleur, mais la perte de ceux qu'il aimait était un coup trop dur pour lui. Il devait les croire vivants jusqu'à ce qu'on lui présente les corps sans vie. Il n'y croirait pas autrement. Garder intact, absolument, l'espoir de les revoir vivant.

Il réalisa en cet instant que le pouvoir était chose éphémère et qu'il était présomptueux de croire que lui, Koné Mamburo était indispensable. D'autres viendraient après lui, comme d'autres avaient été là avant lui. Sur la durée de l'humanité, il n'était qu'une infime particule de rien. Quelle différence cela avait-il fait de se battre douze ans contre les géants économiques? De se battre contre les éléments? De se battre contre ce foutu soleil qui brûlait chacune des parcelles de volonté de tout être vivant, durant les longues heures du jour?

Était-ce inutile de croire en la fierté de son peuple, en son abondance et sa grandeur, si au prochain lever de soleil on pouvait vous anéantir d'une balle dans la tête?

La rage commençait à sourdre au creux du ventre de Mamburo.

– Je resterai en vie. Ce n'est pas inutile. Je ne suis pas inutile, murmura-t-il entre ses dents.

Du plus profond des ses entrailles un grondement se fit entendre qui se transforma en rugissement intense. Son hurlement sauvage se répercuta dans tous les recoins du palais, faisant frissonner tous ceux qui s'y trouvaient. L'appel de Mamburo fut entendu dans le pays entier. La terre lui répondit en écho et trembla dans le crépuscule. La vie s'arrêta le temps d'un souffle et la nuit envahit le ciel du Baranté.

Les femmes crurent que l'enfer s'ouvrait sous leurs pieds, pour laisser échapper des esprits maléfiques. Pour d'autres, le lion sur lequel était assise Déhana, la grande déesse mère avait rugi, et la guerrière s'était levée. Après la journée d'horreur qu'ils venaient de traverser, plusieurs croyaient que la déesse venait réclamer vengeance. Les deux jeunes hommes, qui gardaient Mamburo depuis quelques heures, s'enfuirent du palais, affolés et hurlants. Ceux qui les croisèrent entendirent de leurs bouches les mots « lion » « Mamburo » sans arriver à comprendre le sens de ces propos incohérents. La rumeur se répandit cette nuit-là dans la ville que Mamburo se transformait en lion.

Dans le bureau, Dawara releva la tête en entendant le rugissement. Il n'était pas superstitieux, selon lui tout cela n'était que des sornettes pour effrayer les femmes et les enfants. Mais il entendit la douleur de son ancien ami. Lorsque la terre trembla pour l'accompagner, Bertrand Mamburo, le nez dans une pile de dossier jura.

– Va le faire taire! Putain de merde!

Dawara sembla se réveiller et jeta un ordre pour qu'on aille bâillonner Mamburo. Deux hommes solides sortirent de la pièce précipitamment. Dans le couloir, l'un des deux hésita.

– Allez! Poule mouillée, avance!

– Il hurle et la terre tremble…

– Et puis après, quoi? Le ciel va nous tomber sur la tête? Il est attaché sur sa chaise. Ne viens pas me dire que tu crois à ces niaiseries surnaturelles?

Le peureux regarda l'autre d'un air sérieux.

– Vas-y-toi, Pierre, moi je garderai la porte. Les deux pétasses du Chef ne sont plus là. Je ne veux pas être foudroyé sur place…

– Merde... Bon j'y vais. Mais qu'est-ce qu'on ne peut pas entendre? Parlotte de sorcière...

En grommelant, il entra dans la pièce. Le président Mamburo avait l'air si fragile, seul sur sa chaise. Il ne hurlait plus et semblait très fatigué. S'approchant doucement, Pierre, le garde, posa délicatement un foulard sur la bouche du prisonnier. Mamburo leva la tête et le regarda fixement sans broncher. Une lueur orangée dansa, l'espace d'une seconde, dans sa prunelle fatiguée, faisant reculer Pierre qui trébucha.

– De quoi as-tu peur petit? Je suis là, attaché sur une chaise. Allez, enfile-moi le bâillon qu'on en finisse. Et dit... Dit à ton chef... Non ne lui dit rien...

Pierre s'empressa de bâillonner Mamburo. Ce n'était qu'un homme, même si certaines légendes le faisaient paraître plus grand que nature, ce n'était qu'un homme fait de chair et de sang.

– Allez Pierre qu'est-ce que tu fais? lança l'autre garde, resté près de la porte.

– Me voilà j'arrive.

– Reste ici avec lui. Je vais avertir le Général que plus personne ne garde le président. Où ont-ils bien pu passer?

Le peureux s'empressa de retourner au bureau pour signaler la disparition des deux gardes. Le Chef fronça les sourcils, mais ne dit rien. Dawara haussa les épaules.

– Et bien, restez là jusqu'au prochain changement de garde, dans deux heures.

Le garde salua et alla retrouver Pierre.

– Merde! On doit poiroter ici encore deux heures avant d'être relevé.

– Soit.

Pierre voulait rester près du Président. Il avait toujours été fasciné par l'homme et c'était une des raisons qui avait motivé son désir de devenir garde dans le corps d'élite de la garde présidentielle. Durant cette longue journée, il n'avait fait que suivre les ordres. Le Général leur avait bien fait comprendre que leur vie dépendrait du choix qu'ils feraient ce matin-là, soit de protéger le président ou de se rallier à la cause de la libération.

Bien entendu, il avait vu les photos d'enfants mutilés, mais il n'y croyait pas. Il accompagnait souvent Ama Sarah dans ses déplacements et jamais il ne l'avait vu faire de mal à un enfant. De plus, elle ne supportait pas qu'un seul enfant souffre de mauvais traitements. Il n'avait pas peur de Mamburo non plus. Celui-ci avait toujours été juste avec lui. Il le garderait et s'offrirait aussi pour faire le tour de nuit. Instinctivement, Pierre su que c'était la chose à faire. Son devoir était de protéger le président et c'est ce qu'il ferait jusqu'à sa mort, dut-il lui-même en mourir. Il jouerait le jeu du Général pour rester en vie le plus longtemps possible, mais il ne bougerait pas de son poste.

*** *** ***

6

Dans la bibliothèque, Samourié reprit son souffle après qu'on lui eut retenu la tête dans un bac rempli d'eau, son corps en proie à un tremblement nerveux. Sa résistance à la douleur était loin de s'effriter, ses bourreaux semblaient manquer de créativité. Samourié espérait qu'ils laisseraient tomber pour la nuit. Il attendit le prochain plongeon, qui ne vint jamais. Le garde qui lui tenait le cou semblait apeuré.

Samourié sentit soudain le sol trembler sous lui. Jamais dans toute l'histoire du Baranté, personne n'avait souvenir d'un tremblement de terre. Le vrombissement de la terre le calma, la terre du Baranté lui parlait, il n'était pas seul. Distinctement, il entendit le profond rugissement qui emplit l'air du Baranté. Un rugissement venant très clairement du creux de sa poitrine. Toussant pour évacuer l'eau infiltrée dans ses poumons, il inspira ensuite un grand coup pour ressentir pleinement la force qui surgissait en lui. Une chaleur bienfaisante se répandit dans tout son être et la peur le quitta. Il sut, sans l'ombre d'un doute qu'il vivrait, que les menaces et les coups ne le feraient pas mourir. Son corps se détendit et il attendit le prochain supplice sans appréhension. La mort n'aurait aucune prise sur lui.

*** *** ***

7

Mimiansa resta cachée longtemps dans les hautes herbes après que le dernier camion ait quitté son village. Plusieurs fois durant la journée, de jeunes miliciens étaient passés près d'elle sans jamais la voir. Lorsqu'elle n'entendit plus rien et pu enfin sortir, elle se dirigea vers son village.

– Ama?

Un silence pesant l'enveloppa. Son corps minuscule frémit devant les corps éventrés, mais elle n'y porta aucune attention, elle cherchait le visage aimée de sa mère. Elle l'a trouva pendue par les pieds au centre du village.

Mimiansa se mit à courir dans la nuit, fuyant son village maudit. À bout de souffle, elle s'arrêta devant la rivière, le doux visage maculé de sang de sa mère tant aimée, imprimé profondément dans son cœur.

La terre se mit soudain à trembler sous ses pieds. Mimiansa se coucha sur le sol et laissa son être entier trembler avec la terre.

*** *** ***

8

– Ama Sarah! Que se passe-t-il? Le sol tremble!

La voix inquiète de Mohamed réveilla Sarah qui somnolait. Celle-ci soupira et s'allongea sur le sol dans la noirceur de leur prison de fortune.

– Ama Sarah...

– Ne t'inquiète pas mon enfant. Nous ne sommes plus seuls.

Son ventre sur la terre mouvante, Sarah pleura silencieusement. *Tu es si loin mon amour, j'apaise ta douleur de mes larmes.*

Ama Sarah continua durant des heures à parler à son mari, silencieusement dans son cœur, même lorsque la terre cessa de trembler. Mohamed, allongé à ses côtés, resta silencieux.

*** *** ***

9

Le Général Dawara marchait de long en large dans la salle de réunion.

– Et Samourié? Est-ce qu'il a parlé?

– Encore rien Général. Il ne fait qu'appeler sa femme. Nous avons de la difficulté à le garder conscient. Il faudrait le laisser dormir.

– Vous me donnez des ordres lieutenant?, réprimanda le Général, en levant un sourcil.

– Non! Non! Je suis désolé mon Général. Je me disais simplement quand le nourrissant un peu et en le laissant se reposer on pourrait lui faire croire qu'on a baissé la garde et revenir plus tard au moment où il s'y attend le moins. Changer de tactique en quelque sorte. Lui donner confiance. Il fera peut-être une erreur...

Le Général observa longuement le jeune lieutenant qui se tenait au garde à vous devant lui. Quel dommage d'avoir à sacrifier un jeune homme aussi intelligent. Mais c'était le garde du corps personnel de Samourié et il était hors de question de lui faire confiance. Pour l'instant, il était utile, mais le Général voulait autour de lui des hommes qui exécutaient des ordres, pas qui les commentaient ou encore qui avaient des opinions.

– Parfait, répondit-il lentement. Donnez-lui à manger et faites-le dormir. À l'avenir lieutenant, vous exécuterez mes ordres sans un mot. Tant que je ne vous dis pas d'arrêter, vous continuez. Suis-je clair?

– Très clair, mon Général!

– Une dernière chose. Je sais que vous avez été proche de Samourié. Mais vous avez choisi votre camp. Ne me faites pas regretter la confiance que je vous accorde aujourd'hui.

Le jeune lieutenant soutint fermement le regard du Général. Le duel silencieux, entre les deux hommes, dura quelques secondes. Dawara replongea finalement les yeux dans ses papiers, signifiant au lieutenant que l'entretien était terminé.

« Gros porc! », pensa le jeune lieutenant Sangha Hadawa, en quittant la pièce. Comme plusieurs des membres de la garde présidentielle, Sangha avait accepté de collaborer pour sauver sa peau. Avec les années, le Général avait perdu peu à peu le respect de ses hommes, mais comme le travail était bien payé et les heures supportables les soldats restaient.

Sangha avait le même âge que Samourié et une confiance mutuelle s'était construite au fil des années avec le fils du président. Plusieurs fois par semaine, Samourié venait s'entraîner avec les gardes très tôt le matin. Jamais il ne faisait valoir ses prérogatives et il suait autant que les autres. Il avait toujours un sourire et un mot d'encouragement pour ses adversaires lors des combats de lutte. Il acceptait la défaite avec bon cœur. Sangha, encore recrue à l'époque, avait été le premier à le battre. Samourié s'était relevé en riant, avait pris Sangha par le cou et lui avait frotté la tête affectueusement. Sangha tremblait d'avoir fait une bêtise. Mais Samourié, dans un même souffle déclarait haut et fort :

– J'ai enfin trouvé mon homme! Sergent! Je prends ce jeune écervelé comme garde du corps personnel. Donnez-lui son congé pour la journée, il vient avec moi.

– Mais...

– Oseriez-vous contester un ordre direct sergent?, avait répliqué Samourié l'air sévère, mais le fou rire au coin des lèvres.

– Non, monsieur. Allez recrue! Ramassez vos affaires et suivez Monsieur. Sachez tenir votre rang.

Sangha avait vu les autres se retenir de rire. Il comprenait donc que sa vie n'était pas en danger, mais que Samourié lui réservait une surprise pour l'avoir battu à la lutte. Il ne savait pas s'il devait s'en réjouir ou non. Lorsqu'ils furent enfin seuls, Samourié avait éclaté de rire.

– Tu devrais voir ta face. Je ne vais pas te manger. Tu devrais avoir honte de m'avoir terrassé comme tu l'as fait, mais je sais reconnaître un bon adversaire. Si tu es toujours aussi farouche et décidé, tu feras un excellent garde. Et c'est vrai que je te veux comme garde du corps. S'il m'arrivait quelque chose, je te ferais une confiance absolue. Désormais, nous allons nous entraîner ensemble, tous les matins. Et tu ne me quitteras pas d'une semelle tant que ton entraînement ne sera pas terminé.

– Merci...

– Ah! Ah! Ne fais pas cette tête. C'est certain que je ne vais plus me laisser battre par un gringalet dans ton genre, mais je n'empoisonnerai pas ta nourriture!

– Merci de le spécifier, soupira de soulagement Sangha.

Les deux hommes éclatèrent de rire et ce fut le début d'une amitié qui s'approfondit avec les années. Toute la journée, il avait vu des mercenaires battre, torturer et interroger celui qu'il considérait comme son frère. Mais Sangha se disait qu'il serait plus utile vivant que mort, il n'avait donc rien tenté. Mais le temps pressait. Il avait au moins réussi à faire arrêter les coups pour quelques heures.

– Bon ça suffit! Le Général ordonne d'arrêter l'interrogatoire, de le nourrir et de le faire dormir. On recommencera demain matin.

Sangha espérait que le tremblement de sa voix ne serait pas perceptible. Il regarda les hommes devant lui. Une bande de mécréants recrutés dans les rues et les ruelles de la capitale. On leur avait promis la gloire et la richesse s'ils aidaient le pays à se libérer de la dictature. Les photos d'enfants mutilés avaient fait leur œuvre de désinformation auprès d'eux.

– Oui lieutenant. Et nous, quand va-t-on pouvoir allez se coucher?

– Très bientôt. Des hommes viendront vous relever dans moins d'une heure.

Sangha savait qu'il resterait auprès de Samourié toute la nuit. Il méditerait sur une fuite possible et les hommes auxquels il pourrait faire confiance. Il sortit dans le couloir pour fumer une cigarette. À l'autre bout du corridor, il vit Pierre, un jeune garde arrivé au palais deux ans plus tôt. Sangha ne l'avait jamais eu sous ses ordres étant donné qu'il ne s'occupait que de Samourié, mais souvent ils s'étaient retrouvés ensemble. Il se souvenait d'avoir vu Pierre accompagner Ama Sarah lors de ses sorties. Il se rappelait aussi le regard doux qu'il portait sur Ama Sarah. C'est vrai qu'elle était magnifique, sa façon d'être avec les enfants en émouvait plus d'un. Peut-être que... Non! Elle n'était jamais seule, ce n'était pas possible qu'elle ait pu orchestrer une telle opération.

Pierre vit Sangha s'approcher de lui. Méfiant, il n'avait pas encore pu déterminer le rôle de tous les officiers dans cette prise de contrôle. Il restait donc sur ses gardes.

– Tout se passe bien? lui demanda Sangha.

– Oui mon Lieutenant! répondit Pierre sans broncher.

– Comment se porte votre prisonnier?

– Il dort, je crois bien, mon Lieutenant.

– Depuis quelle heure êtes-vous ici? Est-ce que l'on est venu vous relever?

– Je suis ici depuis le coucher du soleil. Mais je peux faire la nuit, si personne n'est disponible, mon lieutenant.

– Vous avez entendu ce rugissement...

– Oui mon Lieutenant, et conformément aux ordres j'ai bâillonné le Prési... le prisonnier.

Sangha tentait de voir l'expression de Pierre dans la pénombre. Il ne le sentait pas à l'aise.

– Vous savez que je pourrais vous tuer sur le champ pour avoir osé l'appeler Président?

– Oui mon Lieutenant. Je suis désolé, je suis habitué...

– Vous n'avez aucune excuse.

Sangha sortit son pistolet et le mit sur le ventre du soldat qui se tenait droit devant lui.

– Tuez-moi, si ça vous chante. Mais je mourrai ici au côté de mon Président. Il a toujours été bon pour moi...

– Silence imbécile! Je ne te tuerai pas.

– Mais...

– J'ai besoin de savoir qui sont ceux qui lui sont toujours fidèles, commença Sangha, toujours suspicieux.

Pierre poussa un soupir de soulagement presqu'inaudible.

– Il faut faire sortir Samourié le plus vite possible, ils vont le tuer à force de le torturer.

Pierre resta bouche bée, une seconde plus tôt, il pensait mourir et pour sauver son honneur il avait déclaré allégeance au Président. Maintenant, il se trouvait en plein cœur d'un plan pour sauver le fils du Président.

– Qui d'autre est au courant à l'heure actuelle, mon Lieutenant?

– Il n'y a que toi et moi. S'il m'arrive quoi que ce soit, je saurai que c'est toi. Mais si je t'ai bien jugé, tu ne me trahiras pas. Que vont-ils faire de Mamburo?

– Je pense qu'ils vont le garder en vie. Comme monnaie d'échange.

– Je pense comme toi. Nous nous occuperons de lui plus tard. Je retourne auprès de Samourié. J'ai réussi à faire cesser la torture pour la nuit. Mais je n'ai pas beaucoup de temps avant qu'ils ne se remettent à inventer de nouveaux supplices. Garde les yeux et les oreilles à l'affût.

– Bien mon Lieutenant.

Pierre soupira en son for intérieur. La conversation avec le Lieutenant lui avait redonné du courage. Il ne se sentait plus seul. Il y avait quelques gardes en qui il savait pouvoir faire confiance. En fait, tous ceux qui s'occupaient du quart de jour auprès de la famille présidentielle. En comptant bien, ils étaient douze gardes et trois gradés. Mais deux des gardes avaient été tués la nuit précédente, parce qu'ils avaient refusé de collaborer. Pierre les avait vus mourir le regard paisible, le cœur tranquille. Ils étaient affectés à la surveillance des jumeaux. Deux petits bonshommes de quatre ans qui faisaient la joie de tout le monde au palais.

Le colonel Mastoura, responsable de la garde du président avait été fait prisonnier. Le Général et lui ne s'entendaient pas. Leurs disputes étaient légendaires au palais et la plupart avaient détourné le regard un moment quand il avait été menotté.

– Dawara, avait-il craché avec mépris. On ne peut avoir la vie sauve quand on s'attaque aux protégés de la Déesse.

– Silence, fils de chien! Ce n'est que des balivernes! Tu as été envoûté par la sorcière.

– Une sorcière! Ah! Ah! Mais quelles conneries peux-tu bien inventer?

– Hors de ma vue! Faites le sortir. Gardez-le en vie, je veux m'en occuper personnellement.

Pierre ne comprenait pas très bien les jeux de pouvoir, mais il savait reconnaître un homme juste. Et le Colonel Mastoura en était un. Pierre doutait qu'il fût encore en vie, mais il l'espérait sincèrement. À part le Lieutenant Sangha Hadawa, il n'avait pas revu les autres.

Sangha réfléchissait aussi de son côté. Comme Pierre, il savait qu'il ne pourrait compter que sur une petite poignée d'hommes. Ceux qu'il commandait depuis des années. Il les avait formés et préparés à résister aux tentatives de corruption. En regardant Samourié endormi, le visage tuméfié, le torse en sang, il eut un instant de découragement. S'approchant de lui, il lui murmura à l'oreille :

– J'aurais pu empêcher tout ça. Excuse-moi mon frère. J'aurais dû m'opposer. Mais mourir n'aurait servi à rien.

– Mm...

– Qu'y a-t-il, Monsieur?

– Tu es là, Sangha... ne me laisse pas.

– Non, jamais monsieur.

– Salomé?

– Je ne sais pas où ils l'ont emmené.

– Mon père... mon...

Une quinte de toux l'empêcha de terminer sa phrase. Sangha lui donna de l'eau que le blessé bu avidement.

– Fais-moi sortir d'ici.

Samourié avait agrippé Sangha avec les dernières forces qui lui restaient.

– Je fais tout ce que je peux. Dormez maintenant, monsieur. Reprenez des forces.

La pression des doigts de Samourié se détendit. Sangha se leva d'un bond en entendant des pas dans le couloir. Le garde de nuit faisait les cent pas devant la porte et il revenait vers la bibliothèque. Il leva les yeux sur le soldat qui entrait.

– Ah! Lieutenant vous êtes ici. Tout va bien?

– Tout va bien! Il dort à poings fermés. Il doit penser qu'on le laissera tranquille. Ah! Ah!

– Ouais, s'il savait ce qui l'attend. J'ai vu le Chef aiguiser ses couteaux. Si vous voyez ce que je veux dire.

Le rire gras du jeune soldat écœura Sangha, mais il sourit d'un air entendu. Il fallait à tout prix trouver un moyen de sortir Samourié avant que le Chef ne s'en occupe. Sangha n'avait aucun respect pour ce Chef de pacotille que le Général avait recruté dans les égouts. Un pédophile, c'est le seul mot qu'il trouvait pour le qualifier. Sangha n'avait pas de dédain particulier pour les homosexuels, mais ce Chef ne s'entourait que d'adolescents à qui il refilait sûrement des maladies. Sangha aurait dû voir ça venir. Depuis six mois environ, les recrues étaient de plus en plus jeunes.

Le Général avait donné une raison concernant la relève et le besoin de discipline des jeunes, mais l'argument ne tenait pas la route et il s'en rendait compte maintenant qu'il était trop tard. Cela faisait aussi environ six mois que le Général se pavanait avec un air suffisant dans les couloirs du palais, souvent en compagnie de Bertrand Mamburo. Un autre aux mœurs pas très nettes, au visage aigri et qui ne souriait jamais. Sa femme était partie en Europe, accompagnée par un soldat de l'armée, nouveau au palais.

Sangha se rendit compte qu'il avait eu tous les indices devant lui. Et il n'avait rien vu. S'il s'en sortait vivant, il irait demander pardon au Président d'avoir failli à son devoir. Il se rendait compte qu'il ne fallait pas que des gros muscles pour assurer la sécurité, mais aussi des capacités d'analyse et d'observation. Ce qu'il croyait avoir, mais tout le monde aimait Mamburo, qui aurait pu lui vouloir du mal? Son meilleur ami... Sangha était confus, la menace était venue de l'intérieur. Le titre du livre qu'il feuilletait machinalement lui sauta aux yeux : L'art de la Guerre, d'un auteur japonais dont il n'arrivait pas à prononcer le nom. En regardant la couverture, il s'aperçut qu'il l'avait vu un jour entre les mains du Général. Dans les marges des annotations où il reconnut l'écriture du Général.

25 juin à l'aube
EU 11 44 23 101 54

Il trouva aussi un télex et une réponse signée du Général. Sans aller plus loin, Sangha décida de conserver le livre précieusement. Intuitivement, il sentait que cela pourrait servir éventuellement. Aujourd'hui, c'était le 25 juin.

Il prit un autre livre sur le bureau, des contes de fées pour enfants que le Président lisait aux jumeaux avant d'aller dormir. Sangha sourit, fébrile, espérant que les enfants soient en sécurité.

*** *** ***

10

Michael n'ouvrit pas les yeux immédiatement, sa tête le faisant atrocement souffrir. Respirant un bon coup, il concentra son attention sur ses sens. Vaguement, il se souvint de s'être caché, alors que deux hommes fouillaient son ordinateur. Sam! Il ouvrit lentement les yeux et aperçut devant lui trois hommes qui discutaient. Il n'arrivait pas à distinguer leur visage.

– Est-ce que vous avez tout copié?, demanda celui qui lui tournait le dos, dont la silhouette lui semblait familière.

– Oui, monsieur.

– Est-ce qu'il vous a vu?

– Non, mais il nous a entendus.

– Bon, ça ne sert à rien d'en faire un drame. Partez tout de suite, je vais attendre qu'il se réveille. Je trouverai bien quelque chose.

Michael avait reconnu la voix de son père. Que pouvait-il bien vouloir dans son ordinateur qu'il n'aurait pas pu lui demander directement? Intrigué, Michael se dit que ça valait la peine de rester alerte. Il savait que son père faisait parfois de la magouille, mais quel financier n'en faisait pas? Comme il l'avait souvent vu dans des films, il bougea en gémissant comme s'il venait de se réveiller. Le mal de tête était réel, il n'eut pas à faire semblant très longtemps. Immédiatement, son père fut à côté de lui.

– Fiston, comment vas-tu?

« Fiston? » La dernière fois que son père l'avait affectueusement nommé fiston, il devait avoir huit ans.

– Tu as reçu un sale coup sur la tête.

– Papa, que fais-tu ici?

– Je suis passé chercher un dossier et j'ai vu de la lumière dans ton bureau. Je t'ai trouvé par terre.

« Sale menteur! » Michael se retint de justesse. « Je ne sais pas ce que tu cherches, mais ce n'est pas avec moi que tu vas le trouver. »

– Il y avait deux gars. Je ne sais pas ce qu'ils cherchaient, ils ont copié mon ordinateur.

– Bah! Ne t'en fais pas. Il ne devait pas avoir ton mot de passe.

– En fait…, ils ont tout copié. Le mot de passe est dans mon bureau.

– Quoi? Mais…

– Je sais que ce n'est pas très futé, j'ai peur de l'oublier. Il n'y a que les dossiers des clients, mais chacun est protégé par un mot de passe. C'est la compagnie de sécurité qui a…

– Je sais ce que la compagnie de sécurité fait.

Michael regarda son père attentivement. Il avait l'air ennuyé. « Quel bon comédien. » Il l'avait souvent vu jouer la comédie à des clients, mais il n'aurait jamais cru qu'il le ferait avec lui. En général, il était assez direct pour dire que son fils était presque un bon à rien et qu'il arrivait à l'empêcher de faire des dégâts, en le gardant à l'œil dans la compagnie familiale.

– Excuse-moi papa.

Michael tenta de prendre son air le plus dépité. Alistair Finley soupira.

– Bon ça va. De toute façon, ce n'était pas de gros clients qu'il y avait dans tes dossiers, je ne crois pas qu'il y aura beaucoup de mal.

– Mais que pouvait-il bien chercher?

– Je ne sais pas, mais j'appelle la compagnie de sécurité demain pour le reste du bureau. S'ils sont venus une fois, ils reviendront peut-être.

Michael ne répondit pas, son père l'aida à se relever. En arrivant près de la sortie, il ne put se retenir.

– Papa? Et ton dossier?

– Quel dossier?

– Celui que tu étais venu chercher?

– Ah! Oui ce dossier-là.

Papa Finley tourna les talons en soupirant bruyamment, il avait failli oublier. Il ne vit pas la lueur d'amusement dans les yeux de son fils.

Michael avait un appartement pas très loin où son père le déposa.

– Tu viens manger à la maison demain soir? Ta mère apprécierait. Elle me disait justement qu'elle avait l'impression que tu la négligeais.

– Je l'appelle demain, répondit Michael en sortant de la voiture, saluant vaguement son père.

Papa Finley ne répondit pas à son fils, son téléphone cellulaire sonnait. En répondant, il fit un signe qui ressemblait à un adieu.

– Finley.

– Nous avons un problème.

– Je vous écoute.

– Nous avons tenté de transférer les données. Il y avait un virus. Nous n'avons rien.

– Petit con.

Il raccrocha furieux. Il ne savait pas comment son dadais de fils avait fait, mais il paierait.

76

– On ne m'appelle pas Finley le requin, pour mes beaux yeux.

Songeur, il rentra chez lui. S'enfermant dans son bureau, il prit le téléphone et composa un numéro outre-mer. Une boîte vocale lui répondit. Avant la fin du message, il composa un code de huit chiffres. Une sonnerie lointaine se fit entendre, une fois, deux fois avant qu'une voix féminine ne réponde.

– Ils n'ont rien trouvé. Il y avait un virus.

– Votre précieuse progéniture, me semble-t-il, n'est pas assez versée en informatique pour avoir fait ça toute seule.

– Je sais, c'est peut-être un de ses petits copains d'université qui...

– Je n'ai pas le temps de spéculer. Je vous ai demandé des informations. Vous ne les avez pas. Vous savez ce que cela veut dire?

– Laissez-moi un peu de temps.

– Nous n'avons pas de temps à perdre, répliqua la voix sèchement. Nous avons des agents sur le terrain, prêt à intervenir pour sortir Mamburo du pays et le mettre en sécurité. Si son fils est impliqué, nous arriverons peut-être à le neutraliser, avant qu'il y ait trop de dégâts.

– Qui êtes-vous?

– Ce n'est pas important. Ce qui est important c'est de rétablir l'ordre au Baranté coûte que coûte, avant que ça n'aille trop loin. Si ça dégénère, le reste de l'Afrique risque de s'embraser.

Finley soupira. Dans quelle histoire s'était-il fourré? Lorsqu'il avait reçu le premier appel, il aurait du raccrocher. La destinée de l'Afrique lui importait mais pas au point de mettre sa vie ou celle de son fils en danger. L'amitié entre

Samourié et son fils semblait avoir été une des plus belles choses que Michael pouvait vivre. Lui et Irène n'ayant pas eu d'autres enfants, Samourié était devenue comme un frère pour Michael qui enfin semblait s'intéresser à autre chose qu'à ces colonnes de chiffres et ses jeux vidéo.

– Écoutez, je peux demander à mon fils directement s'il a eu des nouvelles de Samourié, et s'il est au courant de quoi que ce soit, répondit-il enfin.

– Vous pensez qu'il vous dira la vérité?

La femme semblait sceptique.

– Je ne sais pas, mais je peux toujours essayer. Sa mère m'a dit qu'il avait eu l'air troublé et inquiet quand elle lui avait annoncé ce qui se passait. Je ne pense pas qu'ils soient ni l'un ni l'autre impliqué d'une façon ou d'une autre dans ce coup d'État.

– C'est ce que vous m'avez dit ce matin.

– Ce n'est qu'une intuition. Je connais Samourié et d'après moi il partage beaucoup trop les idées de son père pour s'en débarrasser, vous devriez regarder ailleurs, dit Finley avec passion.

– Nous vérifions toutes les pistes.

– Je connais mon fils et je sais que je dois jouer franc-jeu avec lui. Et ça m'étonnerait qu'il soit impliqué dans un coup d'État.

Finley commençait à gronder de l'intérieur, il ne laisserait pas son fils être insulté de cette façon.

– Les gens peuvent nous surprendre parfois. Nous, nous avons besoin de fait.

La voix de la femme se fit conciliante.

– Je comprends votre envie de protéger votre fils.

– Je lui parlerai, je dois en avoir le cœur net.

– Faites comme vous voulez, mais j'ai besoin d'informations solides. Vous avez jusqu'à demain midi, heure de Londres.

La communication fut coupée, laissant Alistair Finley senior songeur. Il resta dans la pénombre encore quelques instants, avant de reprendre le combiné et d'appeler son fils.

– Oui bonsoir.

– Micka, je dois te parler.

Deuxième surprise de la soirée, son père ne l'appelait plus jamais Micka. La dernière fois, c'était lorsque sa grand-mère paternelle était décédée. Il devait se passer quelque chose de grave et cela expliquerait peut-être le comportement inhabituel de son père.

– Tu ne pouvais pas me parler dans la voiture?, dit Michael avec une pointe d'impatience dans la voix.

– Micka, c'est important...

– Ça ne peut pas attendre à demain? Je suis fatigué et ma tête...

– Non, ça ne peut pas attendre. J'arrive tout de suite.

Michael raccrocha en proie à la plus grande confusion. En rentrant chez lui, il avait spéculé sur les raisons qui faisaient que son père avait besoin de lui mentir. Et maintenant cet appel, à peine une demi-heure après qu'il l'eut déposé chez lui.

En ouvrant la porte, il remarqua que la fatigue et l'angoisse rongeait le visage de son père.

– Veux-tu du thé?

– Non je ne veux rien.

Alistair Finley regarda autour de lui. Son fils avait décoré son appartement avec goût. Il montait rarement à l'appartement, cela devait faire près de deux ans que son fils habitait là.

— Micka, j'ai besoin de savoir.

— Que veux-tu savoir?

Michael était étonné et nerveux. Il préférait quand son père l'attaquait de front, il savait se défendre.

— Le coup d'État au Baranté, tu étais au courant?

Regardant son père droit dans les yeux, il sourit. C'était donc ça.

— Non, je n'étais pas au courant. Et je suis inquiet pour Sam. Il n'y a rien dans les bulletins de nouvelles, à part que le gouvernement a été renversé. On ne sait même pas par qui? Ça parle d'une « Armée de la libération », mais personne ne semble savoir qui en a le contrôle.

— Samourié ne t'a rien dit dernièrement, surenchérit Alistair.

— Non papa. Je ne sais rien. Est-ce la raison pour laquelle tu as fait fouiller mon ordinateur?

Papa Finley retint un tressaillement de surprise. Son fils était plus perspicace qu'il ne le croyait.

— J'ai eu un appel ce midi. Une femme. Elle m'a dit s'appeler Hélène, mais c'est tout ce que je sais. Elle fait partie d'un groupe tactique qui surveille les problèmes de sécurité dans le monde. Un genre de veille stratégique internationale. De ce que j'ai compris, ils cherchent à savoir qui sont les responsables, pour pouvoir rétablir l'ordre.

— Ça ressemble à la CIA…

— Peut-être… mais si Sam n'a rien fait, ils pourront le sortir de là, lui et sa famille et les mettre en sécurité.

— Quoi? Ils croient que c'est Sam qui a fait ça! Jamais!

Michael s'était levé d'un bond, il dut se rasseoir, un éclair fulgurant lui transperçant le crâne.

– Ils y ont été un peu fort. Je suis désolé, s'inquiéta Papa Finley.

– Pourquoi n'es-tu pas venu me voir immédiatement?

– Je ne suis pas supposé te parler d'eux, répondit Alistair avec lassitude.

– Et avec leur veille stratégique, ils n'ont rien vu venir.

– D'après ce que je comprends, la situation est plus compliquée. À mon avis il y a des intérêts politiques derrière tout ça. Beaucoup d'argent aussi. Il y avait des rumeurs dans les salons, dans les derniers mois.

– Quelles rumeurs?

– Que l'Afrique était la prochaine vache à dollar, répondit Alistair.

Papa Finley n'avait pas envie d'avoir cette discussion avec son fils. Plusieurs fois Michael avait questionné des investissements douteux en Afrique.

– C'est insensé. L'Afrique est déjà pompée de tous les côtés. Ce n'est pas nouveau.

– Ne sous-estime pas l'Alliance africaine. Le regroupement a fait des gains importants en termes d'exploitation et d'exportation des ressources africaines. Ce n'est plus si facile d'y entrer et de négocier des prix à la baisse.

– Et qu'est-ce que le Baranté vient faire là-dedans?, renchérit Michael de plus en plus impatient.

– Mamburo est influent au sein de l'Alliance.

– Mais le Baranté c'est minuscule!

– Oui, mais en déstabilisant un pays, on dévie l'attention et on s'assure de négocier les meilleurs prix.

Michael ne répondit pas. Sam et lui avaient déjà eu cette conversation, il y a longtemps.

– Je te le dis Sam, à long terme vous allez y gagner, lui avait-il affirmé.

– Je ne dis pas le contraire, mais pendant que vous vous remplissez les poches, nous on crève comme des chiens, et ce, depuis des décennies, avait répondu Samourié amer.

– Mais non, on peut mettre en place des mesures compensatoires qui vous permettent d'investir dans votre propre économie.

– Investir quel argent? Nous sommes pauvres, c'est la sécheresse. Les enfants meurent encore de la tuberculose.

– Toi pauvre? Sam ne me fait pas rire. Tu es nourri au foie gras et au camembert.

– Ah! Ah! Je préfère vos petits toasts beurrés et le thé au citron.

Michael sourit en repensant à Sam.

– Papa, je ne sais pas quoi te dire.

– J'y ai pensé toute la journée. Il a fallu quelqu'un à l'intérieur pour distribuer les armes et recruter les miliciens.

– Mais, je ne peux pas croire...

La vitre du salon éclata. Les deux hommes se jetèrent par terre.

– Merde, qu'est-ce que c'était? J'espère que ce n'est pas ta nouvelle amie qui a décidé de m'éliminer?

– Comment peux-tu rire?

Sa voix se brisa.

– Papa?

– Micka...

S'approchant de son père, il vit une tache sombre s'élargir sur son flanc gauche.

– Merde! Papa?

Tenant son père près de lui, Michael prit son cellulaire sur la table à café et composa le numéro d'urgence. Sa main tremblait si fort qu'il dut s'y reprendre à deux fois.

– Reste tranquille, les secours arrivent, dit Michael, se parlant plus à lui-même qu'à son père.

Il entendit du bruit venant de la salle à manger, dont la fenêtre donnait sur une issue de secours. Une silhouette apparut dans l'encadrement de la porte menant au salon. Des sirènes se firent entendre au loin. Michael qui s'était caché derrière la porte assomma l'intrus avec un chandelier. Athlétique, il se disait que l'effet de surprise lui donnerait un avantage si ça devait mal tourner.

Le carillon de la porte sonna dans l'appartement soudain silencieux. Michael se dépêcha de répondre, surveillant du coin de l'œil l'homme étendu par terre.

*** *** ***

11

Vers minuit, Samourié ouvrit les yeux. Il tourna la tête lentement, son corps le faisant souffrir. Dans l'après-midi, un des gardes, furieux de ne rien lui faire avouer, l'avait roué de coups. Les autres avait du le retenir pour ne pas qu'il fasse de dommages irréparables. La première journée avait été pénible, mais Samourié était solide. Son rôle de jeune riche oisif lui avait bien servi jusqu'à présent, on ne le prenait pas tout à fait au sérieux. Il existait bel et bien un compte secret, qu'il avait créé pour son père, avec la part d'héritage que grand-père Mamburo avait laissé pour ses petits-enfants.

Durant ses études, Samourié avait fait une simulation de divers investissements et en avait fait la suggestion à son père pour faire fructifier l'argent. L'argent était donc dispersé aux quatre coins de la planète et était géré en fiducie par une fondation, lui appartenant à lui et à son meilleur ami, Michael Finley. Ensemble, ils avaient créé cette fondation qui soutenait le développement de l'entrepreneuriat dans les pays africains. La véritable identité des propriétaires de la fondation restait secrète, étant donné la notoriété de Samourié. Seulement son père et sa mère étaient au courant. En cas de décès de Samourié, de Sarah ou de Koné, ou encore des trois, Michael avait des instructions très claires. Et si Michael venait aussi à disparaitre, les instructions étaient dans une enveloppe scellée pour les exécuteurs testamentaires.

Samourié se rappela avec nostalgie sa dernière rencontre avec Michael, deux ans plus tôt.

— Tu retournes chez toi?, avait demandé tristement Michael.

– Oui, mon père a décidé de me transmettre son grand savoir. Je ne pourrai pas passer mon temps à courir les filles, boire et faire la fête.

– Tu ne fais même pas ça...

– Je sais, mais c'est ce que mon père croit que je fais. Il veut que je devienne enfin un homme. C'est terminé les bancs d'école, c'est la vraie vie qui commence.

– Et nos affaires?

– Je continue, mais à partir de chez-moi. Pourquoi ne viendrais-tu pas passer du temps au soleil? Les femmes sont chaudes...

– Arrête! Ton soleil me tuerait après dix minutes et ça, c'est sans compter la malaria et les petites bestioles et en plus, tes femmes, elles riraient de moi, je ne suis qu'un pauvre petit blanc.

– Bah! Notre réputation est surfaite. Je suis certain que tu te débrouillerais très bien.

– Sam, sérieusement tu me vois là-bas?

Samourié se dit qu'il aurait dû insister au moins pour que Michael vienne en visite. Mais, ce soir-là, ils avaient passé la nuit à se raconter leurs rêves. Michael voulait créer une révolution avec des logiciels d'investissement sur Internet. Samourié voulait sortir l'Afrique du marasme politique et économique. Il avait pris position plusieurs fois et déjà il avait été approché par des diplomates africains qui partageaient ses vues. Samourié se demandait si quelques-uns de ceux-là n'avaient pas fait pression sur son père pour qu'il revienne à la maison apprendre le « métier » de dirigeant.

Samourié regarda vers la porte. Où était son père à cette heure-ci? L'avaient-ils battu? Samourié enragea de n'avoir pu protéger personne et de se retrouver attaché comme un lâche. À côté de lui, il vit Sangha, son garde du corps personnel, assoupi sur une chaise. Le connaissant, il sut qu'il ne dormait pas.

– Sangha.

Sangha n'ouvrit pas les yeux. Il entendait la voix de Samourié dans sa tête. Les premières fois, il avait sursauté avec l'impression que quelqu'un prenait le contrôle de ses pensées. Depuis le temps qu'il côtoyait la famille présidentielle, l'existence de petits détails « magiques » ne le dérangeait plus. Certes, on aurait pu les confondre avec des épisodes de sorcellerie, mais Samourié n'avait jamais abusé de son pouvoir télépathique. En cet instant, Sangha fut soulagé de l'entendre, cela voulait dire que Samourié avait toute sa tête, malgré le stress et les blessures.

– *Monsieur, heureux de vous entendre!*

– *Je suis heureux d'être encore en vie. Il n'y a qu'une seule personne qui a le droit de me mettre au plancher et c'est toi.*

– *Monsieur…*

– *Tu n'as vraiment pas le sens de l'humour mon pauvre ami!*

– *Je ne rirai que lorsque vous serez sorti d'ici vivant et en un seul morceau.*

– *Sangha, je ne pourrai pas tenir encore longtemps. J'arrive à supporter la douleur, mais s'ils me brisent tous les os je ne tiendrai pas. Et il y a ce fou…*

– *Je sais, je sais…*

– *Sangha?*

– *Oui monsieur.*

– *Pourquoi?*

– *Je ne sais pas monsieur.*

Sangha sentit que Samourié était épuisé. Il devait trouver quelque chose pour lui remonter le moral.

– *Monsieur vous êtes toujours là?*

– *Oui...*

La voix de Samourié se fit plus faible.

– *Vous souvenez-vous de la fois où vous m'aviez fait croire que vous étiez mort? Vous aviez ralenti vos pulsations cardiaques...*

– *Oui, je m'en souviens.*

– *Pourquoi ne pas refaire le coup? Si vous êtes mort, ils vont peut-être vous évacuer du palais et vouloir vous faire disparaître. Il faut vous faire sortir d'ici d'une manière ou d'une autre, il y a trop d'armes et d'ennemis ici.*

– *Quand veux-tu que je meure?*

– *Demain. Je sais qu'ils ne me laisseront pas avec vous demain matin. Mais je m'assurerai de revenir pour midi avec un repas. Je m'arrangerai. Ils sont tous très jeunes et l'adrénaline de la première journée passée, ils vont commencer à craquer. Comme l'autre cet après-midi.*

– *Il puait le haschisch!*

– *Oui, la nouvelle garde du Général est composée d'adolescents drogués... et d'un chef pédophile. Pathétique!*

– *Comment cela a-t-il pu arriver?*

– *Quand on sortira d'ici, on ira se prendre un pot et on partagera nos hypothèses, monsieur. Mais vous comprenez déjà, vous n'êtes pas naïf...*

Samourié ne répondit pas. Non il n'était pas naïf, mais il n'avait rien vu venir. Des troubles dans le nord du pays ne signifiaient pas un coup d'État dans son propre salon. Il n'aimait pas le Général Dawara et cette antipathie le forçait à le fuir plutôt qu'à le surveiller. Sarah aussi avait tendance à le fuir. Comment n'avaient-ils rien vu? Il avait beau tourner l'affaire dans sa tête, il s'était laissé berner de belle façon. Mais en y pensant, quelque chose clochait et il n'arrivait pas à mettre le doigt dessus. Dawara n'était pas assez intelligent. Il y avait quelqu'un d'autre derrière tout ça. Un ministre?

– *Je vais dormir un peu pour reprendre des forces.*

– *Je reste ici monsieur. Je vous réveillerai si j'ai à vous quitter.*

Sangha savait que Samourié ne s'endormirait plus, il penserait à un plan. Tout d'abord sortir du palais et ensuite... Ensuite, Sangha tuerait tous ceux qui se mettraient en travers de son chemin.

Effectivement, Samourié ne s'endormit pas. Il essayait de mettre en place les morceaux du puzzle et il n'y arrivait pas. Il ne pensait pas à la suite. Parce qu'ensuite tout irait bien. La folie avait peut-être atteint les proches du palais et quelques énervés en ville, mais il y avait surement des alliés qui seraient heureux de l'accueillir en sortant.

*** *** ***

12

L'ombre de la nuit s'abattit sur le pays éveillant les peurs et les superstitions de ceux encore debout à l'heure la plus noire. Imperturbable, la nuit posa son sombre regard sur la capitale en feu, sourde aux cris et hurlements de ses habitants envahissant les rues et les ruelles. Tout comme le soleil infiltrant chaque cellule vivante, la nuit tomba lourdement sur le cœur des Barantéens. De vieilles pleureuses beuglaient la profonde douleur labourant leurs entrailles, tenant dans leur bras enfants, maris et frères morts. Plusieurs femmes l'œil vide marchait sans but, le corsage déchiré et poussiéreux, les jupes souillées de sang et de sperme. Des coups de feu se faisaient entendre ici et là, accompagnés de rugissements bestiaux.

Mamburo, toujours assis sur sa chaise de bois ne ferma pas l'œil de la nuit. La noirceur semblait lui donner de la force, le nourrir. Pierre toujours présent à son poste, crut voir irradier une intense lumière autour de lui, l'espace d'une fraction de seconde. Se frottant les yeux vivement, il se dit qu'il avait surement rêvé. Le président était un grand homme, mais ça restait un homme, un humain de chair et de sang. Le voir autrement voilerait son jugement.

Pierre voulait rester clair pour ne pas tomber dans le piège du sentimentalisme. Il ne devait s'en tenir qu'aux faits, à ce qu'il pouvait voir et comprendre. Brièvement, il se rappela l'éclair de feu brillant dans le regard de Mamburo quelques heures plutôt, mais il n'y porta pas attention. Il avait surement rêvé. À cela s'ajoutait le rugissement qui avait fait trembler la terre. Ça ne pouvait être qu'une coïncidence. La fatigue lui jouait des tours et il aurait bien aimé roupiller quelques heures.

Debout depuis l'aube, la lassitude commençait à prendre le dessus. Mais il avait promis de rester là et de garder le président. De plus, il sentait que plusieurs des membres de la garde réelle du président commençaient à se poser de sérieuses questions sur ce qui se passait. Chacun voulait sauver sa peau, mais ils n'étaient pas des lâches. Le serment de fidélité qu'ils avaient fait en s'engageant, résonnait à leurs oreilles inlassablement. Oublié, l'espace de quelques heures, ce serment disait qu'ils offraient leur vie pour sauver celle du président et de sa famille. Plusieurs avaient été témoins des sévices subis par Samourié et stoïque aucun n'avait bronché. Ils avaient laissé une bande d'adolescent et de mercenaires faire la loi.

Pierre connaissait ceux qui au courant de la nuit, honteux de leur couardise, se mettraient à échafauder des plans. Sauver le président et son fils, tout en restant en vie. Pierre sourit. Face à l'inévitable, face à l'ombre de la mort, que demander de plus à un humain? L'urgence de rester en vie à tout pris et de voir le soleil se lever encore et encore. Le Général avait isolé la plupart des fidèles du président qui avait faussement retourné leur veste. Les assignant à des postes de garde loin du centre névralgique, donc loin des prisonniers. Il trouva curieux un instant que lui et le lieutenant Sangha soient de garde si près des prisonniers. Il devait y avoir anguille sous roche, il faudrait qu'il en parle à Sangha.

Se débattant avec ses pensées, où se mêlaient confusion et certitude, il faillit être surpris par le Chef qui se baladait dans les couloirs, arborant le regard perpétuel du chasseur ayant flairé une proie. Contrairement à son habitude, il était seul, ne trainant pas à sa suite une bande de mignons drogués. Pierre se mit au garde-à-vous, réprimant un haut-le-cœur face au petit homme sec et nerveux qui s'approcha de lui.

– Alors, on tient le coup?

– Oui Chef!

– Tu peux te détendre. Tu n'as pas besoin de faire de manière avec moi.

Pierre se détendit, en apparence. Intérieurement, il resta à l'affut, épiant les moindres sourires et gestes de ce porc putride. Comment pouvait-on faire confiance à un homme qui bouffait de la queue? Pierre effaça cette image de sa tête. La noirceur empêcha le Chef de voir la lueur de dégoût qui traversa le regard du garde.

– Ainsi donc, tu ne veux pas être relevé.

Pierre ne répondit pas, dans son ton le Chef avait énoncé un fait. Pierre n'alla pas au-devant de la question.

– Répondez soldat!

– Non Chef!

– Non quoi?

– Non je ne veux pas être relevé.

S'approchant très près de Pierre, le Chef leva des yeux de fouine où la colère commençait à briller.

– Ne joue pas au plus malin avec moi. Pourquoi veux-tu rester ici?

– Ce sont les ordres.

– Les ordres? Les ordres sont de ne pas nourrir les romantiques. T'as vu de quoi il a l'air ton président. Une lavette. Où est-elle passée sa grandeur plus grande que nature?

Fulminant, Pierre tentait de maîtriser son désir de prendre ce petit homme abject par le cou et de serrer jusqu'à ce que son air triomphant s'efface pour de bon.

– Répondez soldat? Où est-elle sa grandeur?

– Je ne sais pas Chef.

– Vous ne savez pas quoi soldat?

– Je ne sais pas où elle est passée sa grandeur.

– J'ai vraiment l'impression que tu te fous de ma gueule, petite vermine.

Le Chef posa sa main gauche et pressa avidement sur le sexe de Pierre qui tressaillit à peine.

– Mm! On dirait bien que tu aimes ça mon petit.

La pression s'accentua.

– Tu en veux encore. Je peux être une bonne petite femme quand je me laisse aller. Tu verras dans les prochaines semaines tu trouveras le temps long sans une pute pour te pomper la queue et tu viendras me supplier de mettre une robe. Tu me plais, mon beau Pierre, je commence à en avoir assez de ces adolescents peureux qui manquent d'expérience.

De la main droite, le Chef commença à lui caresser la joue, alors qu'il serrait de plus en plus fort le sexe désespérément mou de Pierre, avec ses doigts anguleux.

– C'est à croire que t'es impuissant. À côtoyer des lavettes, on en oublie qu'on est un homme.

– Est-ce tout Chef? Avez-vous d'autres questions?

– Mm. On reste stoïque! J'adore ça! Ça fait longtemps que je n'ai pas reçu une bonne fessée par un mâle digne de ce nom. Quand toute cette agitation se sera calmée on prendra un long moment ensemble, juste toi et moi.

Approchant son visage toujours plus près, se mettant même sur la pointe des pieds pour l'atteindre, le Chef déposa un baiser sec et nerveux sur la bouche de Pierre. Celui-ci se mordit les lèvres lorsqu'il sentit une langue avide, froide et visqueuse tentant de s'insinuer sournoisement.

– On se reverra mon chéri.

Il ponctua sa phrase d'une tape sur les fesses musclées du jeune homme vibrant de colère. Pierre attendit que le Chef fût assez loin pour cracher par terre et s'essuyer vivement la bouche.

– Chien de merde, j'aurai ta putain de peau foutue pédale!

Mettant en joue son fusil, il imagina la cervelle du Chef éclater et se répandre au fond d'un égout.

– Pan! Pan! Et un autre pour te faire éclater le trou de cul saleté!

Marchant dans la pièce pour se calmer, il gronda encore quelques instants avant de se calmer. Levant les yeux sur le prisonnier, il vit que celui-ci le regardait intensément.

– Ne laisse pas la colère t'envahir. C'est ce qu'il veut, découvrir une faille et te coincer.

– Il n'avait pas le droit...

– Pas le droit de quoi? C'est ton supérieur il a tous les droits.

– Des ordres oui, mais ses sales mains...

– Il a tous les droits. Comme un jour j'ai eu les pleins droits sur ta vie, que tu m'as confiée par un serment d'allégeance. Tu as failli à ton devoir. Est-ce que tu crois vraiment que de rester près de moi pour me protéger lavera la parole que tu n'as pas honoré ce matin? Tu as promis de donner ta vie pour sauver la mienne. Une bande de mauviettes, vous avez pissé dans vos pantalons devant le Général et son chien de garde et une bande d'enfants tenant dans leurs mains trop petites des fusils trop lourds pour eux. Seule la mort pourra restaurer ton honneur.

Mamburo fit une pose. La fatigue semblait l'avoir quitté. Plus rien dans son corps ne laissait transpirer la défaite. Pierre se mit à sangloter, il aurait voulu se justifier, dire que ce n'était pas comme ça que cela s'était passé. Mais profondément il reconnut qu'il avait eu peur, Mamburo avait raison, il n'était qu'un lâche.

– Je ne voulais pas...

– Arrête de brailler et pense à un plan. Bouge-toi le cul pour faire sortir Samourié d'ici parce que je te tuerai de mes propres mains s'il devait mourir!

Pierre leva les yeux et vit, dans le regard que Mamburo posa sur lui, un océan de compassion. Malgré les dures paroles qu'il venait d'entendre, il reconnut la sagesse d'un père. Mamburo fidèle à lui-même restait grand dans l'œil de la tourmente.

*** *** ***

13

Bertrand Mamburo profita de la tranquillité de la nuit pour se promener dans les couloirs du palais. Souriant d'un rictus mauvais, avec cet air de conquérant triomphant, qui évalue et soupèse la grandeur et la richesse de son nouveau domaine, il s'arrêta devant la porte du grand salon et regarda longuement son frère endormi sur la chaise. Cela faisait des mois qu'il attendait de savourer cet instant. Dans encore quelques jours, il pourrait se présenter devant la foule et être accueilli en héros, mais ce moment, devant son frère affaibli ayant perdu toute sa superbe, il le chérirait longtemps.

*** *** ***

14

Vers deux heures du matin, Koné Mamburo ouvrit les yeux. Il écouta au loin la rumeur de la ville. Au-delà du palais, il pouvait entendre les cris et les coups de feu troubler la nuit. La douleur de son peuple lui brûlait la chair. Le lien qui existait entre eux était puissant et invisible. Sans même voir, Koné savait. Dans sa tête défilaient les images atroces de son peuple blessé.

– Je t'ai donné ma bénédiction. Regarde ce que tu m'as fait.

Dans la pénombre, Koné distingua une ombre évanescente, qui devint de plus en plus lumineuse à mesure qu'il vit apparaître de nouvelles silhouettes. Des enfants, des femmes égorgées, des hommes mutilés se présentaient, les uns après les autres sans fin, lui reprochant de n'avoir pas su les protéger. Les enfants le regardèrent en silence, pleurant avec lui une génération sacrifiée.

Chaque commune avait son représentant. Des villages entiers semblaient avoir été rasés. La petite pièce fut bientôt occupée par une foule grondante, de plus en plus compacte.

Un vieillard s'approcha lentement, porte-parole funèbre de la multitude. Mamburo le reconnut tout de suite. Malgré son pas chancelant, Fhandi, le doyen, était féroce et lucide. C'était, au dernier recensement, l'homme le plus âgé du pays. Sa sagesse et son grand savoir avaient largement dépassé les frontières du Baranté. Personne ne savait plus en quelle année il était né. Mais selon la salutation rituelle, il était le fils d'une chamane puissante qui avait vécu au siècle dernier. Mamburo s'inclina.

– Mamburo, tonna-t-il dans la nuit, apparaît aujourd'hui devant toi, Fhandi, le digne fils de Méotié du village de

Saharayé et de Sadanta, mère entre toutes, chamane et guérisseuse du village de Saharayé.

– Je te salue Baba Fhandi. Il m'est bien triste de t'accueillir dans ma modeste prison et de ne pas t'offrir d'obsèques dignes de ton rang.

– Le corps sans vie n'est que pourriture et ne mérite pas toute l'attention qu'on lui accorde. Je suis venu, n'ont pour recevoir tes hommages, mais pour te rappeler à ta promesse. Le moment est venu pour toi d'entendre ce dont tu es responsable en cette journée fatale.

– Je t'écoute homme sage.

– Abandonne ta douleur qui n'est que symbole de fierté et d'égoïsme. L'humilité est la vertu des dirigeants. Nous t'avons choisi, maintenant écoute, l'esprit vide et le cœur plein.

Mamburo inclina la tête et fit le vide dans son esprit. Respirant profondément, il mit la main sur son cœur ravivant l'amour qu'il avait pour son peuple. Remplissant chacune de ses cellules de lumière, il entendit bientôt distinctement chacune des voix au lieu du grondement confus de la masse présente devant lui.

Des enfants s'avancèrent.

– Baba, nous étions à peine levés en train de faire notre toilette quand ils sont arrivés par dizaine en camion. Ils ont commencé à tirer partout et les mères se sont mises à crier et à se sauver. Un homme m'a attrapé par le bras et m'a jeté dans un camion avec d'autres garçons. Mais j'ai été touché par une balle perdue et je suis mort sur le coup.

– Moi Baba, dans mon village, ils sont arrivés silencieusement. Égorgeant mon Ama et mes sœurs dans leur sommeil. Je m'étais levée tôt pour étudier. Je me suis cachée, mais un homme très jeune m'a trouvée. Et dans ma cachette, il m'a fait écarter les jambes pour me prendre là dehors, avant de m'ouvrir le ventre. Je suis morte au bout de m...

Mamburo du refaire le vide pour continuer d'entendre la voix du spectre devenue caverneuse et incompréhensible. Mais déjà il ne voulait plus entendre. La suite serait encore plus douloureuse et le regard grave de Baba Fhandi n'augurait rien de bon. Il savait que comme doyen celui-ci parlerait en dernier. Baba Fhandi était un conteur et Mamburo se dit que même dans la mort, le vieil homme savourerait son dernier récit, offrant un spectacle digne de lui.

Toute la nuit, il entendit les témoignages des morts, rapportant les événements sanglants de la journée. La colère grondait, mais aussitôt que chaque histoire s'achevait le bruit devenait moins puissant, la rumeur s'estompait et le cœur de Mamburo s'apaisait.

Baba Fhandi s'avança solennellement, après que tous eurent parlé. Silencieux, il posa son regard sur l'assemblée. Même dans la mort, sa présence captivait le regard et l'esprit. Les fantômes cessèrent de murmurer et attendirent ce qui sembla une éternité, autant que pouvait paraître éternelle l'éternité pour les morts.

– C'était l'heure où le coq n'avait pas encore gargarisé sa gorge précieuse.

Des murmures s'élevèrent parmi les morts. La notoriété de Baba Fhandi n'était plus à refaire. Les enfants vinrent s'asseoir aux premières loges.

– Aye! Silence! Le soleil, notre grand-père à tous, n'attendait que la seconde la plus silencieuse pour faire son apparition. Cette seconde où les loups arrêtent de chanter et silencieusement honorent la fin de la nuit, juste avant celle où le coq, éblouit, annonce l'arrivée du soleil.

Baba Fhandi regarda l'assistance, arrêtant son regard sur Mamburo.

– Mais le silence ne vint jamais. La course de l'astre du jour se figea au son des femmes hurlantes se répandant dans les rues. J'étais déjà levé, étant à la rivière pour baigner l'enveloppe corporelle décharnée et arthritique qui était la mienne. Je revenais donc paisible, la flamberge ballante entre les jambes. Ayayay!

Les femmes pouffèrent se tapant les cuisses.

– Allez Baba Fhandi! Dis-nous comment tu l'appelais!

Fronçant les sourcils, une lueur amusée parcourut son regard.

– Aye! Bien entendu, elle avait déjà donné du plaisir à d'innombrables demoiselles à l'époque où je voyageais, guitare à la main, une chanson toute prête pour charmer les cœurs les plus arides. Mais ce matin là, ma Flûte enchantée, ne jouait plus aucune musique. Arrivé près de la case de Sabé, fils de Métivier et de Marie-Anne, j'entendais les rires du plaisir qu'il offrait à sa jeune épouse, mais je sentais dans l'air une présence hostile très subtile. Ma vue déjà faible ne distinguait pas la nuée de sauterelles meurtrières qui n'attendaient que le signal du coq pour s'abattre sur le village. Naïf, je souriais aux chants des soupirs amoureux. Je savourais quelques instants cette précieuse seconde où, hommes et femmes partagent fluides et sentiments dans l'intimité de l'aube, se préparant à une autre journée de dur labeur.

Baba Fhandi resta silencieux quelques secondes ménageant l'effet de ses prochaines paroles.

– Entre mes deux fesses molles, le dur canon d'une mitraillette accompagna les paroles insensées d'un enfant. « Allez pépé! Bouges tes fesses en silence, ou je remplis ton troufion de plomb! »

Une femme s'approcha et boucha les oreilles d'une toute petite fille.

– Baba Fhandi! Ayayay! Ne peux-tu pas raconter comme tu racontes pour les enfants? Ayayay!

– Ma sœur! La mort n'a pas d'âge. Et laisse-moi raconter ma mort comme je l'entends! Aye!

La vois caverneuse fit reculer la mégère. Tous les autres retinrent leur souffle. Le récit de Baba Fhandi serait peut-être le dernier qu'ils entendraient d'ici la fin des temps. L'aube approchait rapidement et ils voulaient entendre la fin de l'histoire avant d'être appelés par Déhana. Plus personne ne l'interrompit.

– En quelques secondes, l'incendie fit rage et le sang se répandit, inondant les rues et la fontaine du village. Je marchai jusqu'à la grande place en serrant mon vieux cul. Je vis avec tristesse le corps de notre Mamé bien-aimée pendu par les chevilles. Elle avait gardé dans la mort le sourire de ceux que la déesse habite. L'enfant qu'elle portait pendait de son ventre ouvert, suintant.

Baba Fhandi leva les yeux et croisa le regard paisible de la Mamé de son village, le ventre bien rond. Il s'approcha d'elle et lui embrassa le front.

– Mimiansa, ta fille est encore vie. Je ne l'ai pas vu ici.

– Oui Baba. Déhana fait encore fleurir la vie sous ses pas. Ce n'était pas son heure.

Le vieil homme sourit au souvenir de l'enfant, espérant qu'elle trouverait sur sa route une âme charitable pour la protéger. Il revint devant Mamburo qui ne l'avait pas quitté des yeux, poursuivant d'une voix douce.

– Quand tous les hommes furent rassemblés, un chef proclamé s'avança débitant un boniment de niaiseries. Aye! Je levai la main pour qu'il se taise. « Je n'ai pas de temps à perdre avec toi vieillard. » Levant son révolver, il me tira une balle entre les deux yeux.

Le silence se fit soudain plus pesant dans la salle, annonçant un moment solennel.

– C'est donc à l'âge respectable de soixante-dix-huit ans que mourut d'une vulgaire balle d'un fusil venu d'un pays de blanc, Fhandi, dit Baba Fhandi, le digne fils de Méotié du village de Saharayé et de Sadanta, mère entre toutes, chamane et guérisseuse du village de Saharayé.

Le coup de feu avait résonné dans les oreilles de Mamburo comme venu de l'intérieur de lui-même. Il vit soudain entre les yeux de Baba Fhandi un trou profond d'où s'échappait un filet de sang, s'y perdant un instant pour tenter de toucher le vaste esprit du conteur.

Baba Fhandi reprit la parole :

– Ce qui doit être dit a été dit. La vérité, même pénible, permet au passé de rester dans le passé. Mamburo le Lion, Déhana t'a parlé et a répondu à ton appel. La guerre est déclarée dans l'invisible. Tes alliés d'hier ne sont plus ceux d'aujourd'hui. Prends garde à toi.

La foule murmura :

– *Bawaïré denda né Déhana. Maré denda né. Fari o dan Samourié.*[1]

– Oui, notre fils aimé...Samourié. J'ai peur qu'il ne soit trop tard.

– Ton fils a une difficile route devant lui, mais la déesse guide ses pas.

– Mais comment le faire sortir d'ici?

Baba Fhandi s'approcha et mit sa main spectrale sur le front de Mamburo.

– Tu es encore bien jeune, mon petit roi. Déhana chevauche en guerrière sur sa monture féline. Mamburo le Lion. Nous t'avons choisi et béni. Va le cœur en paix.

La foule disparut dans l'aube naissante, comme elle était venue, laissant une empreinte indélébile dans le cœur de Koné.

« O Déhana... »

Dehors, il entendit le chant de Déhana, chanté d'une voix pure. « Une enfant », se dit-il. Un parfum de fleur chatouilla ses narines, et il pensa aux *Mara denda né*, les *choisies*. Ces jeunes filles qui, lors du jour de Déhana, couvrent le seuil des maisons de pétales rouges de *mirianté*, la fleur emblème du Baranté. En fait, toutes les jeunes filles entre quatre et dix-sept ans sont choisies pour cette tâche. Le jour de la déesse souligne les éclipses lunaires durant l'année. Le pays embaume les fleurs et le peuple se réjouit des bonnes grâces de Déhana. Même durant les pires moments de la sécheresse et de la famine, les *Mara denda né* étaient apparues répandant les pétales et embaumant l'air.

Le chant s'arrêta aussi soudainement qu'il avait commencé. Koné leva la tête, sachant qu'elle se présenterait

---

[1] *Celui que la déesse habite. Le choisi. Notre fils aimé, Samourié.*

devant lui. Il sentit sa présence avant même qu'elle n'apparût et entendit le frottement de ses voiles de soie derrière lui. Tournant autour de lui trois fois, elle l'inonda de pétales de *mirianté* odorante avant de disparaître. C'est à peine s'il eut le temps d'apercevoir sa gorge tranchée.

*** *** ***

Jour 2

Ama Sarah se réveilla ankylosée, le dos douloureux. Bébé sur ses cuisses dormait encore à poings fermés. Tard dans la nuit, elle avait enfin fermé les yeux. Il faisait frais encore, le soleil ne devait pas être levé. Dès dix heures le matin, la chaleur commençait à s'infiltrer dans tous les recoins du pays. La fraîcheur voulait dire qu'il faisait encore nuit ou que le jour se levait à peine. Déhana, remplie de compassion, refroidissait la terre la nuit tombée, comme pour se faire pardonner la lumière crue et ardente du jour. Souriant dans la pénombre, Ama Sarah écouta le souffle régulier des enfants assoupis, si confiants. Si confiants, qu'elle trouverait une façon de les protéger. Les protéger...

Un poids énorme s'abattit sur ses épaules. Enfermée dans cette cave avec des enfants, des bébés, des femmes violées et apeurées, elle eut un instant de découragement. Que pouvait-il y avoir de pire que la sécheresse et la famine? Voir son peuple crever de faim? Laisser les enfants mourir? La honte de demander la charité aux riches pays blancs? Il y avait pire et cela se déroulait sous ses yeux. Voir des frères s'entretuer, des femmes éventrées par leur mari, voir le pays à feu et à sang, anéanti de l'intérieur, par un ennemi que l'on connait trop bien. La jalousie et l'appât du gain.

Elle ne savait même pas si elle pourrait nourrir les enfants, si leurs geôliers auraient pitié d'eux. Les bébés seraient nourris encore quelques jours, mais sans nourriture son lait se tarirait. Sans eau, son lait se tarirait encore plus vite.

– Déhana aide-moi! Aide-nous!

Mohammed se réveilla au son de la voix de son Ama bien-aimée.

– Tout va bien Ama?

– Oui... Oui mon enfant tout va bien.

Mohamed la regarda attentivement, elle avait l'air abattu et découragé. Jamais il ne l'avait vu comme ça. Pour lui, elle était comme un roc immuable, le symbole de la solidité et de la force. Elle ne rechignait devant aucune tâche. Pas comme ces femmes riches qui lui jetaient quelques sous avec dégoût quand il vivait dans la rue.

Ama Sarah l'avait pris dans ses bras alors qu'il ne portait que des haillons et qu'il ne s'était pas lavé depuis longtemps. Elle avait soigné ses plaies, lavé sa peau et lui avait mis des vêtements propres. Mais par-dessus tout, elle l'avait serré dans ses bras et bercé jusqu'à ce qu'il s'endorme. Il avait pleuré, elle avait chanté juste pour lui. Jamais elle n'avait élevé la voix contre lui, même lorsqu'il faisait des bêtises. Dans la pénombre, il la sentait perdre espoir.

– Ama, mon Ama! Je suis là. Je vais nous sortir d'ici!

Ama Sarah leva les yeux. C'est encore un enfant, pensa-t-elle. Mais elle sentait l'homme qui se faisait un chemin en lui. Cet enfant de la rue qui mendiait devant sa porte, sans parent, sans famille. Son petit Mohamed.

Elle revenait ce matin-là d'une visite chez sa mère en compagnie de sa belle-sœur Savanira, la femme de Bertrand Mamburo, le frère de son mari. Savanira avait jeté un regard de dégoût sur l'enfant en crachant par terre.

– Vermine! Je ne sais pas comment tu fais Sarah pour endurer ces morveux tous les jours dans les orphelinats. Une femme de président ne s'abaisse pas à nourrir les rats!

Ama Sarah n'avait pas répondu. Elle était habituée aux éclats de sa belle-sœur.

– Tu vois, ils te poursuivent même devant ta porte. Gardes! Faites quelque chose!

Les gardes ne bronchèrent pas, les ordres de la femme du président étaient très clairs. « On ne touche pas aux enfants! » Et de réputation Ama Sarah savait y faire avec les enfants et était terrible avec ceux qui osaient leur faire du mal. Savanira soupira bruyamment.

– Ama, Ama, quelques pièces, du pain, du pain?

Baissant la tête, Ama Sarah croisa le regard de l'enfant qui s'accrochait à ses voiles. Il ne devait pas avoir plus de sept ans. Avec la malnutrition c'était difficile, il pouvait être plus vieux. Au fond de ses yeux la puissance de la vie. Sa belle-sœur la tirait de l'autre côté par la manche.

– Viens, il est sale. Nous devons rentrer le dîner sera bientôt prêt.

Mais Ama Sarah ne l'écoutait pas. Ses entrailles résonnaient au contact de cet enfant inconnu. Son cœur vibrait et pleurait de le quitter. Pourtant, elle côtoyait quotidiennement des centaines d'orphelins, mais aucun ne lui avait donné cette impression de plénitude.

– Sarah!

L'impatience de Savanira glissait sur elle, sans l'atteindre. Seul l'enfant avait son attention.

– Comment te nommes-tu mon petit?

– Mohamed! Quelques sous Ama? Du pain?

– Je n'ai rien sur moi.

Elle s'accroupit pour se mettre à sa hauteur.

– Voyez-vous ça!

Savanira fulminait. Ama Sarah prit l'enfant dans ses bras. Maigre, elle le sentait fragile contre sa peau.

– Qu'est-ce que tu fais? Sarah!

Décidée, Ama Sarah franchi les grilles du palais présidentiel avec Mohamed dans ses bras. Savanira faillit s'étrangler de colère et d'écœurement. Elle courut devant en pestant et alla se plaindre à son mari.

– Bertrand! Bertrand!

Ama Sarah se dirigea vers les cuisines. Les domestiques qui paressaient devant la porte, fumant et jacassant se levèrent d'un bond. Elle les dépassa sans un mot. Curieux, ils entrèrent à sa suite pour la voir servir un bol de légumes bouillis à un gamin malingre, qui se jeta sur la nourriture sans poser de question. Il avait peur que la gentille Ama ne le mette à la porte avant qu'il ait terminé de manger. Elle ne le mit jamais à la porte.

– Ama Sarah?

Sortant de sa rêverie, Ama Sarah sourit à Mohamed.

– Je me rappelais notre première rencontre.

– C'était magnifique n'est-ce pas? Tu étais si belle. Une vraie Déhana. Tu m'as sauvé la vie, j'avais si faim.

– Tu étais minuscule. Mon cœur ne voulait pas te laisser partir. À ta naissance une Mamé t'a donné un puissant Souffle de vie. Je sentais que je ne devais pas le laisser s'éteindre. Tu feras de grandes choses Mohamed. Déhana te protège.

Le garçon se rapprocha et déposa un baiser sur le front brûlant de son Ama adorée. Juste à côté, Salomé s'éveilla. Elle s'était endormie assise tenant Léon dans ses bras. Son frère jumeau, Édouard, était encore assoupi, allongé près d'elle. Elle n'avait pratiquement prononcé aucune parole depuis qu'elle avait été brutalement réveillée la veille. Habituellement, il était difficile d'arrêter le flot incessant de mots qui sortaient de sa bouche. Salomé était comme l'eau vive tourbillonnante, constamment claire et pure.

Diplômée en histoire de l'art africain et artiste à ses heures, elle était cultivée et appréciée. Étant l'épouse de Samourié, l'enfant chéri du pays, le peuple l'adorait comme on adore une princesse. Petite de taille et le corps musclé, son visage présentait les traits fins et racés communs aux Barantéens.

Leur premier contact avait été désastreux, durant une soirée-bénéfice au palais où Salomé exposait des toiles et sculptures. Samourié regardait d'un œil sceptique la sculpture d'une femme allaitante, entourée de loups hurlants. Prenant à témoin un groupe de jeunes femmes qui le suivaient depuis quelques minutes, en soupirant et minaudant, il dit :

— N'est-ce pas un peu morbide? Il serait triste de nourrir un enfant, pour ensuite le jeter aux loups.

Une jeune femme énergique qui s'était approchée par-derrière répliqua d'un ton sec.

— N'est-ce pas la dure réalité de l'Afrique?

— Est-ce que nous jetons nos enfants aux loups?, avait répliqué Samourié d'un ton amusé.

— L'Afrique nourrit la planète et laisse mourir ses enfants.

— Vous y allez un peu fort. Peut-être que l'artiste a simplement voulu…

— Oui?

Samourié s'était tu. L'art étant pour lui un sujet glissant, il ne voulait pas se faire clouer le bec devant le troupeau de minettes qui lui faisait de beaux yeux.

– Je ne m'y connais pas vraiment en art. Je ne voudrais pas dire des choses qui dépasseraient ma pensée et qui seraient fausses de toute façon.

La jeune femme l'avait regardé d'un air dédaigneux et avait tourné les talons. Samourié avait vite été entouré par les enjôleuses pâmées devant lui.

Quelques minutes plus tard, même manège devant une toile représentant des enfants jouant dans une pile de déchets.

– Cette artiste est vraiment triste.

– Pourquoi ne pleurez-vous pas? N'est-ce pas triste à pleurer que de voir des enfants vivre dans les poubelles?

– Ce n'est pas unique à l'Afrique, avait-il répondu un peu plus sèchement qu'il l'aurait voulu.

– Cela justifie-t-il de ne pas s'occuper des nôtres?

Samourié était resté coi. Le feu dans les yeux de la jeune femme l'atteignant en plein cœur. Indifférent, à cette époque, à la destinée de son pays, il avait soudain réalisé son ignorance de la réalité de son peuple. L'étrangère avait soudain tourné les talons, le laissant avec sa compagnie de midinettes.

– Elle est vraiment rabat-joie. Allez Samourié, faisons la fête, pendant que tu es encore là. Avant que l'occident ne te vole à nous et ne prenne possession de ton cerveau.

– Oui... oui, tu as raison. Faisons la fête.

Salomé sourit dans l'obscurité à se souvenir. En colère contre elle de ne pas pouvoir se retenir devant un tel goujat, elle était sortie dans le jardin, où Mamburo l'avait trouvé pour la présenter à ses invités de marque. Après les civilités d'usage, Ama Sarah, avait bien vu que la jeune femme n'était pas très enthousiaste. La prenant à part, elle avait tenté de la rassurer.

– Qu'y a-t-il, mon petit? La soirée ne vous plaît pas? Tout le monde est ravi de votre talent et de la force de votre propos. Vous avez déjà presque tout vendu.

– Merci, je suis très reconnaissante de tout ce que vous faites pour moi Ama Sarah. Mais je ne crois pas que tout le monde soit ravi. Je viens de tomber sur un ignorant de la pire espèce, qui je le crois bien ne s'intéresse pas à l'art, mais qu'aux choses superficielles en robes diaphanes.

– Et cela vous contrarie?

Salomé allait répondre lorsqu'elle vit le visage d'Ama Sarah s'illuminer alors qu'elle regardait derrière elle.

– Venez ma fille, que je vous présente un jeune homme bien, qui ne s'intéresse pas seulement à la bagatelle. Salomé je vous présente mon fils aîné, Samourié.

Ama Sarah éclata de rire en voyant l'air hébété de la jeune fille. Samourié regarda les deux femmes, une ride de confusion lui barrant le front.

– Samourié, je te présente Salomé Dengaouri, notre artiste vedette.

Samourié aurait voulu disparaître dans un trou de souris en entendant le nom de la jeune femme.

– Enchanté mademoiselle Denga…

Le reste de la phrase resta pris dans sa gorge. Que pouvait-elle bien penser de lui? Salomé de son côté se disait qu'il devait la prendre pour une hystérique. Ama Sarah amusée par la situation ajouta mielleuse :

– Maintenant que vous connaissez le pire de chacun, vous allez pouvoir vous partager le meilleur de vous-même.

Le jeune homme avait finalement éclaté de rire, laissant retomber la tension. La soirée s'était finalement terminée en tête-à-tête sur un banc du jardin, laissant la nuit s'étirer sans fin.

– Mon amour...

La plainte était sortie de sa gorge malgré elle. Ama Sarah se retourna dans la pénombre, la douleur de la jeune femme la touchant profondément. Elle aurait voulu les protéger tous. Tous ces enfants et tous les autres qui cette nuit et dans les jours qui suivraient, pleureraient seuls, abandonnés dans les rues. Mohamed serra sa main, très fort, et Ama Sarah su qu'elle ne pourrait jamais abandonner. Ils sortiraient d'ici vivants et elle délivrerait son pays. Sa mission n'était pas terminée, les enfants avaient besoin d'elle.

– Salomé j'ai besoin de toi.

– Oui Ama, je suis là...

Salomé sentait ses forces l'abandonner. Comme si la lutte n'avait servi à rien. Toutes ces années à se battre pour conscientiser et mettre en lumière à travers son art l'aberration et l'incohérence, mais aussi la beauté de l'Afrique. Parce que Salomé adorait l'Afrique. L'Afrique vivait dans ses tripes, et elle s'en nourrissait abondamment, en couleur et en noir et blanc. Les voiles colorées, les tissus, les métiers à tisser de son enfance s'enrobaient de féminité et de sensualité à travers son art. Jeune encore et idéaliste, plusieurs de ses œuvres accrochaient le regard par le coup de poing de vérité et leur impression de réalité crue et froide. Par terre au fond de cette cave humide, elle avait envie de peindre. Peindre avec son sang la douleur qui la brûlait comme une goutte d'acide sulfurique. Comment vivre sans lui, sa présence, sa force et sa détermination?

Léon se mit soudain à pleurer dans ses bras. Le serrant près de son cœur, elle tenta de le rassurer sans succès.

– J'ai besoin que tu me promettes une chose, ma fille.

– Oui, Ama...

– Que tu prendras soin de mes fils.

– Pourquoi Ama? Où vas-tu?

– Nulle part, ma chérie.

Le cœur de Salomé explosa en sanglots.

– Excuse-moi Ama... Oui, oui tout ce que tu veux, je te promets.

– Ça va mon enfant, je sais que tu as peur. Moi aussi j'ai peur. Mais nous devons être plus fortes qu'eux. Nourrissons-nous de l'ombre pour faire éclater la lumière. Cela prendra le temps qu'il faut.

La trappe au-dessus d'eux s'ouvrit subitement dans un lourd fracas.

– Allez les femmes, levez-vous! C'est le temps de sortir.

– Où allons-nous?

– Tu poses trop de questions.

Ama Sarah, Mohamed et Salomé réveillèrent les autres femmes et s'occupèrent des enfants. L'air commençait à être irrespirable. La chaleur et l'humidité s'infiltraient dans l'air du petit matin.

Mohamed tint Chanel Mataouaré par le bras pour l'aider à monter. Fiévreuse, son regard restait vide. Fanta Mériouto, la femme du ministre du Commerce, âgée d'une cinquante d'année sembla soudain se réveiller et sortir de sa torpeur. Femme volontaire et déterminée, elle n'était pas du genre à se laisser abattre, malgré les circonstances. La nuit pour elle avait été agitée et peuplée de cauchemars. L'image d'un géant cagoulé à la mitraillette tenant son crâne entre ses mains, la hantait. La veille, elle avait entendu un bruit dans sa cuisine alors qu'elle lisait dans son boudoir. Debout dès l'aube, elle enfilait collant et maillot pour faire quelques exercices lui permettant de garder une cinquantaine en forme. Elle prenait ensuite une heure pour lire son auteur préféré, *Patricia Cornwell,* une Américaine qui écrivait des polars enlevants. Son mari prenait toujours un instant, en se levant pour venir la taquiner, elle fut donc surprise d'entendre remuer dans la cuisine.

– Chéri, tu es déjà levé?

Sa voix s'était étouffée dans sa gorge lorsqu'elle avait vu le canon pointé sur elle.

– Hé! Momo vient voir le clown! Ah! Ah!

Un deuxième garde était entré et avait ri en voyant la vieille en collant rouge et maillot bleu, bigoudis sur la tête sous un fichu orange. Ils l'avaient humilié la faisant mettre à quatre pattes et lui intimant de faire ses exercices, sous peine de se faire botter le derrière.

– Bah! Qui voudrait du cul d'une vieille peau. C'est vraiment la poisse, ils auraient pu nous envoyer chez le vice-président, sa femme a un cul de rêve! Allez! Huh! Huh! Cheval!

– Je vous en prie…

– Et ça ose supplier! Voyez-vous ça!

Le canon de l'arme avait forcé l'entrée de sa bouche. Tétanisée par la peur, les genoux sur le point de flancher, elle avait tenu bon. À ce moment-là, son mari était entré dans la pièce, suivi de deux gardes. Le ministre du

Commerce respirait aussi la cinquantaine active, son autorité naturelle faisait de lui un homme efficace dans l'exercice du pouvoir. Il était avisé et un allié inconditionnel de Mamburo. Leur amitié remontait à aussi loin que leur première manifestation antiapartheid, à l'âge de 19 ans, alors que Nelson Mandela était leur idole incontestée.

– Petit con. On ne fait pas joujou avec les femmes. Le Général veut garder tout le monde intact, lança un des gardes qui venait d'entrer dans la pièce.

– Eh! Du calme! On ne faisait que s'amuser.

– Ce n'est pas le temps de rire.

– Oui, monsieur.

– Madame, je vous invite à enfiler une tenue décente. Une voiture viendra vous chercher d'ici peu.

Malgré son sérieux, la dernière remarque de celui qui semblait être le chef était empreinte d'ironie. Fanta Mériouto avait ainsi rejoint Ama Sarah et les autres dans le camion.

En sortant de la cave, Fanta nota d'un coup d'œil rapide le nombre de gardes présents, de visibles, il y en avait cinq. Elle assuma qu'il devait y en avoir au moins deux autres qui gardaient l'extérieur. Leur jeune âge la surprit. La plupart devaient avoir entre quatorze et dix-sept ans, sauf celui qui leur parlait, qui devait avoir dans la vingtaine et semblait habitué à commander.

– Dépêchez-vous, nous allons faire un peu d'exercice.

– Où nous emmenez-vous? demanda Ama Sarah.

Crachant par terre comme pour conjurer un sort, le jeune chef ne répondit pas. Il donna des ordres pour que l'on rassemble les enfants assez vieux pour marcher, il les emmena dehors. Saleema ouvrit des yeux effarés lorsque les gardes emmenèrent ses trois enfants âgés de cinq à huit ans.

– Ne faites pas cet air-là, ma petite dame. Nous allons simplement en faire d'heureux patriotes. Nous devons nettoyer leur esprit de la propagande de l'ennemi du peuple.

Saleema se précipita vers la porte, voulant sortir pour récupérer ses enfants, mais un garde l'arrêta et la repoussa violemment. Les femmes entendirent avec désolation les enfants pleurant et gémissant répéter comme une chanson : « *Oh! Général, notre sauveur. Acclamons Dawara notre libérateur!* », suivit par les rires des soldats.

Des éclats de voix vinrent soudain troubler le petit jeu. Un garde entra tenant Mohamed par le collet.

– Qui est l'Ama de ce voyou?

– C'est moi.

La voix grave et profonde d'Ama Sarah fit frémir l'adolescent armé. Incertain, il hésita un instant avant de répondre. Voilà qu'il faisait face à la sorcière en personne. Le crâne bourré d'histoires d'horreur sur son pouvoir malsain, il hésita quelques secondes. Ce furent quelques secondes de trop, son chef arrivant derrière lui, lui assena un coup de crosse sur la tempe.

– Je n'endurerai pas que quiconque tremble devant une femme. Sorcière ou pas? Maintenant femme! Explique à ton fils que s'il ne fait pas ce qu'on lui demande il risque de le payer très cher.

– Qu'allez-vous lui faire?, affronta Sarah le regard dur.

– Je pourrais commencer par lui couper un doigt et un autre, ensuite une main et peut-être le bras.

Stoïque sous les menaces, Mohamed regarda Ama Sarah droit dans les yeux.

– Jamais je ne trahirai celui qui m'a accueilli dans sa maison. Je suis fier d'être l'enfant d'Ama Sarah et je n'en rougirai jamais.

– Ainsi donc, on défie la loi.

– La loi de qui?

– Silence morveux! Ici, c'est moi la loi!

Paul Kendar était entré dans l'armée du Général Dawara huit mois plus tôt. Convaincu de la justesse de sa cause, il avait embrassé les idéaux et la philosophie du Général. Débrouillard, il s'était fait remarquer et rapidement il avait été nommé responsable d'un petit escadron de six hommes. Deux jours plus tôt, on lui avait annoncé qu'il serait responsable de garder les femmes et les enfants des personnalités du gouvernement. Ravi de cette marque de confiance, il avait attendu le camion qui amènerait les prisonniers jusqu'à son repaire au sud de la capitale. Par contre, il ne s'attendait pas à une bande de bonnes femmes critiquant chacun de ses faits et gestes et posant mille et une questions. Il était évidemment hors de question qu'il mutile un des enfants du président, peu importe sa résistance et il savait que sa mère le savait aussi, c'était une sorcière après tout. On pouvait difficilement lui cacher quoi que ce soit. Décidant de jouer franc jeu, il déclara :

– Bon à ce que je vois, on pourrait passer la journée à se menacer. Vous savez que je ne toucherai pas à un seul de ses cheveux. Mes ordres sont stricts. Alors, pourquoi ne pas faire de votre séjour à la campagne une partie de plaisir? Il n'est pas dans mon intérêt de vous mettre à dos contre nous.

– Y aurait-il malgré tout dans les rangs de Dawara des êtres doués de raison?

Paul ne releva pas l'ironie transperçant dans les paroles d'Ama Sarah, se retenant de justesse pour ne pas lui faire payer son insolence envers le Libérateur. Il donna l'ordre de faire revenir les enfants qui coururent aussitôt dans les bras de leurs mères.

– Quand allons-nous manger? Les enfants vont avoir faim très bientôt.

– Vous mangerez quand ça sera le temps.

Paul commençait vraiment à être exaspéré. Qu'avait-il bien pu faire pour aboutir avec une bande de femmes et de morveux hurlants? C'était un cadeau empoisonné et il se promettait d'en faire part au Chef quand celui-ci viendrait faire sa tournée. Entassant les prisonniers dans une chambre, il cadenassa la porte. L'attente du camion de ravitaillement commença. Lui et ses hommes avaient épuisé leurs dernières rations la veille, juste avant l'arrivée des femmes, espérant des vivres avec le convoi. Les prisonniers étaient arrivés sans provision, mais le chauffeur avait promis des vivres avant la fin du lendemain. La faim commencerait à se faire sentir dans quelques heures. Comme la chaleur serait insoutenable, tout le monde, prisonniers tout comme soldats, tomberait dans un état semi-comateux qui tromperait la faim.

Ama Sarah soupira en entendant le verrou cogner sur la porte derrière eux.

– Tu n'es pas seule Sarah. Tu n'as pas à tout prendre sur tes épaules. Je sais que nous n'avons pas toujours été d'accord. Que tu me trouves frivole et occidentalisée, et tu as raison. Mais nous sommes ici ensemble. Saleema, Salomé, toi et moi pouvons nous débrouiller et nous partager les tâches. Je ne sais pas combien de temps nous serons ici, alors aussi bien nous en accommoder le plus possible. Maintenant, pendant que nous avons encore de la lumière il faut absolument nous occuper de Chanel et de sa fille.

Ama Sarah sourit chaleureusement aux paroles de Fanta. C'est vrai qu'elles ne s'entendaient pas toujours très bien. Mais pour l'heure, celle-ci avait raison, Chanel et sa fille avaient besoin de soins pressants.

Le sang avait séché sur le visage de la jeune femme, mais les lacérations sur sa poitrine, étaient rouges et enflées, signe que l'infection s'installait. La fièvre la gardait dans un état somnolent salvateur qui engourdissait la douleur.

Saleema cogna dans la porte.

– Quoi encore?

– Nous aurions besoin d'eau et de linges. L'une d'entre nous est blessée et nous devons nettoyer ses plaies.

De l'autre côté de la porte, on s'affaira, criant des ordres précipités. La porte s'ouvrit sur le visage contrarié de Paul, portant des serviettes de coton.

– Pour l'eau, j'ai un gars qui est allé en puiser. Vous devrez attendre que nous l'ayons fait bouillir. Puis-je voir votre blessée?

– Je ne crois pas que ça soit une très bonne idée..., répondit Saleema.

Paul regarda chacune des femmes l'une après l'autre, s'attardant sur Chanel, dont il observa le visage hagard et les vêtements déchirés.

– Je suis désolé...

Il ne savait pas quoi dire. Selon lui, rien ne justifiait de tels gestes envers une femme. Son père l'avait élevé dans le respect des femmes. Mais c'était la guerre...

– Vous êtes désolé? Je m'attendais à mieux que ça venant de vous jeune homme.

– Écoutez, je fais ce que je peux. Je vais vous donner tout ce dont vous avez besoin pour vous occuper d'elle. Je vous promets que je vais tenter de rendre votre séjour le moins pénible possible. Mais n'en demandez pas trop. Mes moyens sont limités.

Saleema le regarda d'un œil mauvais.

– Ça va Saleema, ne perd pas d'énergie à être en colère. Nous devons rester fortes pour les enfants.

Ama Sarah retint un soupir d'exaspération. Fatiguées, elles devenaient des bombes à retardement. Après le sentiment de défaite et le choc des premières heures, la colère émergeait. Mais, elle le savait, dans quelques jours, l'hystérie allait les gagner, nourrit par la peur. Ama Sarah pria : « Je t'en prie Déhana, ne nous abandonne pas! »

L'eau chaude arriva. Délicatement, Saleema prit soin de Chanel qui ne réagit pas. Loin en elle-même, elle rêvait de Paris, du confort et de l'amour de son père. Même l'image de sa mère refaisait parfois surface. Elles ne s'étaient pas vues depuis des années. En fait, depuis que Chanel était venue s'installer au Baranté, au grand désespoir de sa mère.

Quand le soleil atteint son zénith, la nourriture n'était toujours pas arrivée. Dans la maison, le silence se fit. Prisonnières, comme soldats, fermèrent à demi les yeux et plongeant profondément à l'intérieur, laissèrent l'enfer brûlant s'abattre sur eux.

*** *** ***

120

2

Le soleil se levait à peine à l'horizon. La capitale disparaissait dans un nuage de fumée opaque. Des incendies faisaient rage encore, personne n'étant là pour les éteindre, anéantissant des quartiers au complet.

Dawara apparut sur le balcon « de la bénédiction ». Combien de fois était-il venu sur ce balcon, restant en retrait pour voir Mamburo recevoir les vivats de la foule? Le peuple offrant sa bénédiction au président. Risible. Le peuple ne savait pas ce qui était bon pour lui. Lorsqu'il aurait installé Bertrand sur la chaise, on abolirait et raturerait de tous les livres de lois, les superstitions et références à la déesse. Ainsi, le président bénirait son peuple, l'assurant de prendre soin de ses intérêts. Plus question de cérémonies folkloriques où le peuple accordait sa confiance à celui qui avait été choisi, prétendant créer un lien invisible avec lui. Seuls les vieux croyaient encore à ces balivernes.

Mais, aujourd'hui le peuple comprenait que malgré ses mimiques, Mamburo n'était pas digne de confiance et que lui, Dawara avait vraiment ses intérêts à cœur. Lui, il avait trouvé le dirigeant qui mènerait le pays vers la prospérité. D'ici quelques jours la situation reviendrait à la normale et Bertrand pourrait prendre le pouvoir.

Dawara gonfla le torse et d'un regard embrassa la capitale. Le palais présidentiel était construit sur une colline et avait une vue imprenable sur le sud. De l'autre côté, vers le nord, quelques maisons, mais déjà on sortait de la ville et la campagne s'étendait à perte de vue avant le prochain village. Les terres étaient arides et la proximité avec le désert à l'est rendait la vie invivable.

Une tache rouge dans le jour blême attira son regard. Juste devant la grille du palais, une jeune fille d'environ 15 ans, jetait des pétales de fleurs en chantant le chant de la déesse, sous l'œil ébahi des gardes. Le Général vit le Chef sortir à ce moment-là, un poignard à la main. Il agrippa la jeune fille par les cheveux, son panier tomba et il l'égorgea d'un coup sec.

Le sang se répandit à toute vitesse entre les pavés, entraînant les pétales vers le caniveau. Arrachant un morceau de châle, le Chef y essuya son couteau qu'il rengaina en revenant au palais.

– Ramassez-moi tout ça!

Derrière lui, la grille s'ouvrit laissant entrer deux camions remplis de nourritures et de fournitures pour le quartier général. Sans ménagement, le corps fut déplacé quelques mètres plus loin, là où d'autres corps gisaient sans vie.

Dawara écœuré, rentra à l'intérieur, un malaise étrange au creux du ventre, qu'il sublima rapidement. Plusieurs morts étaient inutiles, mais il fallait absolument affirmer, le plus rapidement possible, la suprématie de l'ordre nouveau, sur l'ancien. Entraîné à l'exercice du pouvoir et versé dans l'art de la négociation, Dawara n'avait jamais vraiment participé à la guerre. Promu dans les échelons supérieurs très rapidement, il n'était jamais allé au front, restant à l'arrière pour donner des ordres. Il détestait la vue du sang et baigner dans la chaleur, la poussière, les marais et les moustiques lui pesait. Un destin plus grand l'attendait, les sales besognes c'était pour les autres.

– Y en a marre! On ne peut même plus déjeuner en paix!

– Calme-toi Chef! Un tel débordement émotif n'est pas digne d'un dirigeant.

Dawara n'appréciait pas particulièrement la façon dont son collaborateur réglait ses litiges, mais il était fiable. Sa haine contre Samourié était une carte que Dawara utilisait à bon escient. Il n'avait jamais eu l'intention de le laisser entre les mains du Chef, mais de le voir saliver sur la perspective de se venger, valait le spectacle. Il bavait, comme un chien attendant son os. Dawara sourit. Chien était une image qui seyait très bien au Chef. Et même un chien avait plus de noblesse que cet être vil, branlant de la queue devant les enfants. Si ça tournait mal, le Chef ferait un bouc émissaire idéal. On pourrait tourner toute l'histoire en rébellion fomentée par un assoiffé de vengeance qui avait monté une armée d'adolescents pour prendre le pouvoir. C'était un peu facile, mais qui s'en soucierait dès l'instant où l'on aurait un coupable. D'ailleurs, cela serait encore plus facile à faire passer si l'on rappelait que tout avait commencé dans le nord avec des raids de milices, composés d'adolescents organisés, contre les cliniques et les camions de livraison de fournitures scolaires.

Dawara secoua la tête. Tout irait bien, il n'aurait pas besoin de plan B.

– Tout va bien Général?

– Oui Chef, tout va bien.

Ouvrant le tiroir de son bureau, il se réjouit à la vue des photos de la villa méditerranéenne qu'il avait achetée. Le bonheur l'attendait loin de ce pays de crétins. Et surtout, il se retrouverait loin de ce soleil maudit.

– Je reviens, je vais voir comment notre illustre prisonnier a passé sa première nuit.

123

Vérifiant sa tenue, Dawara se présenta devant l'ex-président. Il sourit en apercevant un Mamburo épuisé.

– Tu as passé une bonne nuit?

Mamburo leva la tête, croisant les yeux jaunes et globuleux de Dawara.

– Très bonne nuit Jacques. J'ai vu ce que ta libération a fait à mon peuple.

– Ton peuple, ton peuple. Le peuple aime celui qui le nourrit. Et je vais le nourrir, le gaver de richesse comme il n'en a jamais vu et comme tu as refusé de lui donner.

– Tu t'es laissé acheter par l'argent sale des blancs.

– Pas plus sale que l'argent de tes blancs.

– Mes blancs ont fourni des médicaments, de l'expertise, du savoir et de la technologie. Les tiens ont donné les armes qui tuent mon peuple. Tes blancs siphonnent nos mines et volent notre sucre. Tes blancs te font miroiter de l'argent, mais ça ne compensera jamais la blessure que tu as infligée à mon peuple.

– Mais arrête avec « mon » peuple. Ce n'est plus le tien. Et le peuple se remettra très bien sans toi. Tu n'es pas indispensable.

– Il se remettra surement de la mort d'hommes vaillants. Mais le viol des femmes était-il nécessaire? Égorger les enfants, assassiner les vieillards, permettra-t-il au peuple de s'émanciper dans le XXIe siècle?

Dawara ne répondit pas. Mamburo était trop bien informé. Quelqu'un à l'intérieur l'avait sûrement renseigné.

– Qui? Dis-moi qui te renseigne?

– Déhana.

– Encore cette histoire de vieille femme. Y en a marre! Allez dis-moi qui me trahit?

— Tu verras Jacques ça ne fais que commencer. Tu n'oseras plus dormir, tu verras un ennemi en chacun. Tant que tu n'auras pas la conscience tranquille, tu ne seras pas en sécurité. En t'élevant contre moi, tu as éveillé la colère de Déhana.

— QUI?

Dawara avait crié, il tenta de se contrôler. Il respirait fort et les boutons de sa veste menaçaient de céder à tout instant.

— Qui?

— Les morts, Jacques. Les morts.

— Qui?, insista-t-il de nouveau.

— Tous ceux qui sont morts, entre hier matin et ce matin, se sont présentés à moi cette nuit pour témoigner de ta petitesse.

— Vas-tu enfin me dire qui?

— Cette jeune fille égorgée devant les grilles du palais, répondit suavement Mamburo.

Dawara retint un geste de surprise.

— Le sommeil ne t'a-t-il pas déjà quitté? Les morts sont là tout autour. Tant que tu ne me rendras pas ma liberté, ils te hanteront.

La cravache siffla dans l'air avant de s'abattre sur la joue de Mamburo.

— Ta colère prouve que j'ai raison. Mais tes coups ne me feront jamais aussi mal que la douleur que le peuple m'inflige de n'avoir pas su le protéger de toi et de mon frère.

La cravache resta suspendue dans les airs. Dawara ahuri observa son ennemi. Mamburo l'œil flamboyant su qu'il avait visé juste.

— J'ai réfléchi longuement aussi cette nuit et c'est la seule conclusion plausible. Tu n'es pas assez intelligent pour monter un coup pareil. Tu aimes le pouvoir et ses avantages, mais tu n'aimes pas travailler ou prendre des initiatives, il faut quelqu'un pour te diriger.

— Tu me connais mal.

— C'est vrai, je te connais mal. Je croyais en ta loyauté.

— Qui croit encore en la loyauté? Tu es un éternel romantique. Je te laisse avec tes morts. J'ai un pays à diriger.

— Le peuple ne se laisse pas diriger. C'est lui qui dirige. C'est le seul conseil que je peux te donner.

— Le peuple s'est soulevé contre toi, il a donc décidé, si je suis ton propre raisonnement.

— Tu l'as abusé, abreuvé et drogué de mensonges. Ça, il ne te le pardonnera pas. Pour le servir, tu dois recevoir sa bénédiction et ainsi la faveur de Déhana.

— Arrête, tu radotes. Tu te fais vraiment vieux Koné. Vraiment vieux.

Dawara claqua la porte. Pierre qui avait assisté à toute la scène se mit à respirer librement lorsque le Général fut sorti.

— Pierre! Je t'en conjure, fais sortir mon fils d'ici.

— Oui, monsieur, nous y travaillons.

Durant la nuit, Sangha était venu trouver Pierre et ensemble ils avaient élaboré un plan.

*** *** ***

126

3

Les rapports commençaient à arriver des quatre coins du pays. La situation semblait maîtrisée partout. Seule la frontière du Nord était problématique. La présence internationale de l'autre côté de la frontière attirait des centaines de réfugiés qui sans attendre le matin s'étaient déjà rués vers les camps de fortune érigés par la Croix-Rouge.

Se tournant vers Charles Émouanta, l'ex-conseiller de Mamburo, Dawara pointa la carte du pays étalée sur la table de réunion.

– Nous devons consolider le nord et barrer la route qui mène à la frontière avec la République du Congo. Le peuple fuit en masse.

– N'avons-nous pas un camp dans les alentours?, demanda Bertrand Mamburo s'approchant de la table.

– Oui, mais, peu d'hommes y sont présents. Nous avons envoyés la plus grande partie du contingent nord, vers l'ouest pour prêter main-forte, la résistance ayant été plus importante qu'on avait prévue. D'autres hommes recrutés dans les dernières semaines ont le Nord comme point de ralliement. Plusieurs devraient arriver au courant de la journée, répondit le Général.

– Ce n'est donc qu'un léger contretemps, ajouta Charles, las de toute cette agitation.

– Tout à fait, lança Dawara sur un ton important.

Bertrand Mamburo observait la carte pensivement.

– Combien de temps avons-nous laissé aux étrangers pour évacuer le pays?

– La plupart a quitté hier. Enfin tout le personnel consulaire. Pour les autres éparpillés un peu partout, nos hommes ont l'ordre de les protéger, et de leur permettre d'entrer en communication avec leurs officiels.

— Il ne faudrait pas de bavure, alors que tout le reste fonctionne comme prévu. Tant que l'ONU ne s'est pas prononcée, nous avons les mains liées. On ne peut pas faire « disparaître » des étrangers.

— Nous avons déjà parlé de ça Bertrand. Le plan fonctionne à merveille.

— Je veux que TOUS les partisans de mon frère soient éliminés. Une seule pensée doit être punie sévèrement.

Bertrand haïssait son frère. Pendant des années, il avait vécu dans son ombre. Il avait tout, le succès, les amis, une femme magnifique et un peuple qui l'adulait. Mais c'était fini. Bertrand était le plus intelligent. Koné n'avait rien vu. Bertrand rêvait du jour où il se présenterait devant son frère anéanti. Dans quelques jours, il serait tout puissant, tenant entre ses mains la destinée du Baranté et il étranglerait son frère de ses propres mains.

— Ne t'en fais pas Bertrand, le Chef nous a fait une démonstration très convaincante de punition devant les grilles du palais. Rapide et efficace.

— Bah! C'était une gamine, répondit Charles.

— C'est là que tu te trompes, répondit Bertrand avec fougue. Koné doit être effacé des consciences, ainsi que sa putain et son fils.

— Qu'allons-nous faire d'eux?, demanda tristement Charles.

— Rien pour commencer. Koné a des alliés chez les blancs. Mais quand nous serons bien installés et reconnus, tout le monde oubliera Koné et sera ravi de ne pas avoir à s'occuper de procès, l'ex-président Mamburo étant mort tragiquement en essayant de se sauver, ou bien d'une crise cardiaque.

Bertrand sourit. La pièce s'illumina soudain d'un rayon de soleil qui enflamma la carte d'un coup.

D'un naturel nerveux, le Chef se précipita avec un coussin pour éteindre l'incendie. Bertrand éclata de rire.

– Voici le signe dont nous avions besoin. Le vieux Baranté n'est plus.

Dawara, Charles et le Chef restèrent interdits. Bertrand était tout sauf superstitieux. De telles paroles dans sa bouche frisaient l'hérésie.

– Ha! Ha! Je me fous de votre gueule!

Les trois autres partirent à rire. Dawara rit moins fort que les autres, témoins de manifestations surnaturelles autour de Ama Sarah et Samourié, depuis longtemps, il réprima le début d'une sourde inquiétude sur la raison d'un tel phénomène spontané.

– Bon! Trêve de plaisanteries, au boulot! Général le plancher est à vous. Dans combien de temps pensez-vous me livrer le pays? Et je veux un emballage-cadeau.

– Dans une semaine au plus tard. Et il sera emballé dans des billets de banque, ricana le Général.

– J'aime ça! Charles, j'ai une petite affaire à régler.

– Oui, que puis-je pour vous?, demanda Charles avec déférence.

– Savanira, ma femme, ajouta-t-il avec un air de dégoût, est à Paris en train de dépenser mon argent.

Il fit une pause. Tout le monde attendit. Un rictus apparut au coin de ses lèvres qui aurait pu passer pour un sourire dans le visage d'un autre, mais qui dans la sienne, ressemblait plutôt à une grimace.

– Assurez-vous que ça ressemble à un accident.

– Bien Monsieur.

Bertrand prit les cendres de la carte entre ses doigts, sans un mot il sortit.

*** *** ***

4

– Quoi? Ils veulent réfléchir? Je n'ai pas juste ça à faire!
Trouvez quelque chose. Ils doivent répondre aujourd'hui.
Enlevez-leur les enfants s'il le faut. On n'a pas de temps à
perdre en réflexions.

Daniel Egan raccrocha d'un coup sec. Le coup d'État au
Baranté serait son meilleur coup à vie. Cela ne lui coûterait
pratiquement rien et il aurait accès à des entrées d'argent
qui frôlaient l'indécence. En fait, c'était réellement indécent.
Les Africains étaient faciles à duper. Il suffisait de leur faire
croire qu'ils auraient le contrôle absolu de leur richesse et
que du même coup on leur ferait une place parmi les
décideurs mondiaux pour clore l'affaire. Pour Bertrand
Mamburo, cela avait été encore plus facile. Pas besoin de
faire miroiter les échanges internationaux, il voulait se
venger de son frère. Qui aurait cru que les banales
conversations du Club de Lancaster mèneraient à faire
quintupler le montant de son compte de banque.

Deux ans plus tôt, Daniel avait reçu un appel d'un
homme qui disait représenter un groupe très sélect
d'hommes d'affaires qui avaient à cœur le développement
économique mondial. L'Afrique représentait pour eux un défi.
Accepterait-il de se joindre à eux comme exécutant?

Sa réputation le précédait dans les hautes sphères,
grâce à ses succès en Amérique du Sud. Plusieurs de ces
hommes d'affaires avaient vu leur capital fructifier grâce à
ses qualités exceptionnelles de négociateur auprès des
gouvernements. Il pourrait proposer un plan et toutes les
ressources seraient mises à sa disposition pour actualiser le
plan. On lui ferait entièrement confiance.

Flatté, Daniel avait accepté. Après des négociations sur ses conditions, il avait monté un plan pour entrer en Afrique. Le Baranté semblait une cible facile. Petit pays au cœur de la fournaise africaine. Quelques ressources intéressantes : de l'or, des diamants et quelques pierres précieuses qui avaient cours sur les marchés. Le pays se débattait depuis plusieurs années avec une faible croissance économique due en grande partie à la sécheresse, mais aussi aux mesures sociales que le président implantait. D'un point de vue extérieur le gouvernement du Baranté administrait de façon très intelligente. Encore quelques années et ce petit pays deviendrait un véritable paradis social et économique pour les habitants. Par contre, les investisseurs étrangers devraient se soumettre à des règles importantes de partage des richesses qui ralentiraient le retour sur leurs investissements à plus long terme.

Pour aider le pays à augmenter son rendement économique plus rapidement, il faudrait un prêt important sur les trois prochaines années. Le président était présentement en pourparlers avec les Nations unies pour négocier un prêt. En fait l'Alliance africaine, composée d'une dizaine de pays aux politiques stables et ayant une croissance constante depuis plusieurs années s'étaient regroupé pour obtenir un prêt à des taux plus avantageux. L'astuce était bonne, cela permettait de s'unir contre des investisseurs privés qui offriraient des taux d'intérêts trop élevés faisant diminuer les salaires et les services offerts à la population.

Daniel se disait qu'un par un, il pourrait les déstabiliser, en mettant en péril la sécurité interne du pays si l'approche directe ne fonctionnait pas.

Ainsi, il avait pris contact avec les pays de l'Alliance, un après l'autre, sans succès. Les présidents étaient tous des hommes considérablement sagaces et leur alliance visait justement à contrer le type d'approche qu'il faisait. Ensuite, des recherches exhaustives sur les membres du gouvernement et leurs proches, lui permettrait de trouver les maillons faibles. Le Baranté semblait le plus fragile. Une rencontre inattendue au Club de gentlemen de Lancaster scella l'avenir du Baranté pour de bon.

Après une nuit passionnée avec une très jeune femme, il avait décidé qu'un peu de sport et un petit déjeuner au Club lui feraient le plus grand bien. Il se sentait en forme pour affronter une autre journée.

Une partie de tennis avec un jeune écossais, qu'il avait battu, l'avait mis dans d'excellentes dispositions. En arrivant à sa table pour le petit déjeuner, il vit, deux tables plus loin, un homme dont il avait déjà vu la photo. Sortant de sa mallette le dossier du Baranté, il reconnut Bertrand Mamburo qui mangeait seul. Il s'invita à sa table.

– Bonjour, ce n'est pas la première fois que je vous vois ici? Daniel Egan, dit-il en lui présentant la main.

– Bonjour, Bertrand Mamburo. Je viens quelquefois quand je suis à Londres. Joignez-vous à moi.

Daniel manœuvra la conversation d'une main de maître. À la fin du petit déjeuner, il savait que les sentiments de Bertrand Mamburo pour son frère n'étaient pas que fraternels.

Maintenant que le gouvernement de Koné Mamburo était en train de tomber, la deuxième partie du plan pouvait s'enclencher, soit la reconnaissance internationale. Il pensait que la partie serait plus facile. Mais les politiques jouaient les poules mouillées. Koné Mamburo était apprécié dans les milieux internationaux. Il était reconnu pour sa rigueur et son honnêteté. Pour que la campagne de salissage fonctionne, Daniel devaient faire vite. Aussitôt qu'un pays donnerait son appui, les autres suivraient.

Son équipe avait infiltré plusieurs gouvernements à de hauts niveaux et le travail d'influence se faisait pratiquement jour et nuit. Il suffisait de faire du chantage, rien de trop hardcore, mais juste assez pour que les politiciens sachent où étaient leurs intérêts.

Daniel allongea ses pieds sur le bureau et se mit à réfléchir. Il pourrait rappeler le Général Dawara, le lendemain, en début de journée. Cela lui ferait du bien de le laisser mijoter dans son jus quelques heures de plus.

Son téléphone cellulaire sonna. Une seule personne avait ce numéro et c'était son contact auprès des investisseurs.

– Egan, répondit-il après une profonde inspiration.

– À ce que je vois, nous pourrons bientôt compter le Baranté parmi nos fidèles amis, lança la voix au bout du fil.

– Oui monsieur c'est bien notre intention.

– Vous m'avez épaté sur cette opération, j'attends la suite avec impatience.

– Tout sera fait dans les délais.

– J'en suis convaincu.

L'autre raccrocha. Daniel n'avait jamais su qui étaient ses curieux investisseurs, mais tant que son portefeuille se remplissait, il était content. Il pouvait continuer de se payer la vie de luxe qu'il avait toujours voulu. Justement, ce soir il rappellerait peut-être cette agence très discrète, pour qu'on lui renvoie la jeune blonde qu'il avait eue la dernière fois qu'il avait passé la nuit à Londres.

*** *** ***

5

– Général nous avons essayé toute la matinée et il n'a pas encore dit un mot. Il ne cesse de répéter qu'il ne sait pas de quoi nous parlons.

Dawara soupira, excédé.

Petit prétentieux. Il se croit supérieur... Je vais lui faire cracher le morceau moi-même, bande d'incapables.

– Je peux m'en occuper mon Général, lança le Chef, mielleux.

– Toi reste tranquille petite queue véreuse. Je t'ai dit que tu en feras ce que tu veux quand J'EN aurai fini avec lui!

Le Chef battit en retraite comme un chien la queue entre les jambes. Ravalant sa fierté, le Chef se retira dans un coin de la pièce, furieux de s'être fait rabrouer devant des subordonnés.

La journée avançait et le Général commençait à perdre patience. Une partie du réseau téléphonique avait été détruit dans la nuit et il était impossible de joindre qui que ce soit à l'extérieur du pays. Les antennes cellulaires ne fonctionnaient plus et tout le réseau informatique était inutilisable, l'électricité ayant lâché en matinée.

Dans l'excitation des premières heures de la victoire, un illuminé avait dû sectionner un câble réseau. Évidemment, les communications venant de l'extérieur étaient aussi impossibles à cette heure-ci. Dawara fulminait. Le pays était sous contrôle, la belle affaire. Les nouvelles de ses investisseurs se faisaient attendre.

Le palais possédait un satellite qui lui permettait de rester en contact quoiqu'il arrive. Mais l'opérateur avait été tué alors qu'il tentait de s'enfuir et on avait découvert que personne d'autre ne savait faire fonctionner l'appareil.

Dawara avait fait exécuter un ingénieur électronique qui avait refusé d'aider les « traîtres ».

Ainsi depuis le matin, le Général accusait le coup de dizaines de petits problèmes qui commençaient à jouer sur son humeur générale. Sans ajouter que la résistance de Samourié contrecarrait ses plans. Fébrile, il attendait un appel des investisseurs qui pourrait le rassurer sur le déroulement de l'opération à l'étranger. La veille lors du déclenchement de la phase 1, il y en avait eu un premier au tout début de l'après-midi.

– C'est pour vous Général, un appel code 1 – Baba au rhum.

Le Général sourit, c'était lui qui avait trouvé le nom de code, son dessert préféré. Mais aussi son rêve de devenir le Père de la Patrie, le Baba chéri des Barantéens. D'un air satisfait, il décrocha l'appareil sur son bureau.

– Général Dawara.

– Bravo Général, je vois que tout se déroule comme prévu.

– Bien entendu! Le premier service a été un succès sur toute la ligne. Le dîner devrait être servi d'ici la fin de la journée.

– Nous y comptons bien. Nous livrerons le dessert sur un plateau d'argent d'ici deux jours. Attendez de nos nouvelles.

– Avec impatience!

Son interlocuteur avait déjà raccroché. Dawara n'était pas toujours à l'aise avec les conversations codées, mais depuis plusieurs mois que ça durait, il commençait à s'y faire. Son interlocuteur n'était jamais très loquace, mais les conversations avaient le mérite d'être claires. Le dessert c'était l'Organisation des Nations Unies qui reconnaissait le gouvernement de transition qu'il dirigerait. Ça ne devrait prendre qu'une semaine. Mais l'enjeu était de faire jouer les alliés dans les trois prochains jours. Durant les tractations ayant mené au coup d'État, on l'avait assuré que des représentants officiels se prononceraient en faveur.

Dawara n'avait pas demandé comment ils y parviendraient, mais il se doutait bien de leur méthode. La campagne de désinformation qu'ils avaient pu orchestrer au Baranté avait été réalisée grâce aux documents et photos que les étrangers avaient envoyés.

Aussitôt que l'ONU se prononcerait, Bertrand pourrait sortir de l'ombre et Dawara irait s'installer dans une blanche villa de la Côte d'Azur pour baigner dans les millions qui seraient versés dans son compte de banque. Pour l'instant il ne servait que de façade, le vrai cerveau était Bertrand, le frère cadet de Koné. Taciturne et peu avenant, il était surtout marié à une pimbêche, mais heureusement pour eux il ne l'avait pas dans les pattes. Son angoisse naturelle aurait été un poids de plus à supporter. Bertrand l'avait envoyé magasiner à Paris pour un temps indéterminé. Dawara sourit en repensant à sa tête lorsque Bertrand le lui avait annoncé.

– Ma douce chérie, que dirais-tu d'un voyage à Paris?

– Mon amour, Paris! Pour une seconde lune de miel?

– Non juste toi et quelques valises vides que tu pourras remplir à ta guise dans les boutiques.

Elle l'avait regardé suspicieusement.

– Toi tu me caches quelque chose...

– Mais non, Savanira, que vas-tu chercher? N'as-tu pas envie de quelques nouvelles robes pour les prochaines soirées dans les ambassades?

– Peut-être que Sarah pourrait m'accompagner?

Dawara et Bertrand s'étaient lancé un coup d'œil rapide.

– Mais voyons, Sarah ne pourra pas laisser le bébé pour aller faire la frivole à Paris. Tu ne voudrais pas qu'elle traîne sa bande de morveux avec elle non plus.

– Mm! Tu as raison, je n'ai plus rien à me mettre. Je partirai combien de temps?

– Tout le temps que tu veux.

– Bertrand, est-ce qu'il y a une autre femme, pour que tu m'éloignes de toi de cette façon?

– Mais voyons chérie, tu sais bien qu'il n'y a que toi. C'est pour te faire plaisir. Je n'ai rien à te cacher.

Les femmes quelle plaie! Dawara ne s'était jamais marié. Il avait été amoureux de Sarah à une certaine époque, mais elle était trop volontaire. Il voulait une femme soumise et attentive à ses moindres besoins, mais aucune ne l'avait satisfaite et aucune n'avait la beauté pure de Sarah.

Impatient, il fit valser le téléphone à l'autre bout de la pièce.

– Mais qu'est-ce que c'est que ce pays d'idiots où l'on ne peut même pas téléphoner?

Personne ne répondit. Craintifs, ils ne voulaient pas se risquer à attiser la colère du Général. À grands pas, il marcha jusqu'à la bibliothèque, soufflant et suant. Malgré la chaleur il gardait son uniforme boutonné jusqu'au cou.

– Alors, vaurien, on veut faire le malin!

Une première claque retentit derrière la tête de Samourié.

– Tu vas me dire où tu as caché l'argent.

– Je ne sais… je ne sais pas.

– Comment tu ne sais pas? Tu penses que je vais croire que toi et ton père vous ne vous êtes jamais servis dans la caisse? Tout le monde fait ça!

Une deuxième claque sonna sur la joue droite de Samourié, le visage déjà tuméfié par les nombreux coups.

– Qu'est-ce qu'ils t'ont appris dans ton université de blanc? Ils ne t'ont pas montré à déjouer le système? Nous sommes en train d'éplucher tes comptes et nous verrons bien ce qu'on va y trouver.

– Il n'y a rien... je ne sais pas...

Un long râle sortit de la bouche de Samourié. Une autre claque le fit taire. Dawara se retourna vers les gardes, lançant un regard qui voulait dire : « Bande de bons à rien! » Il prit le pistolet d'un des gardes et le posa au milieu du front du prisonnier.

– Je te laisse une dernière chance, tu me donnes les numéros de compte ou je fais un trou dans ton cerveau de petit rat.

Le jeune Salim qui suivait maintenant le Général partout où il allait, laissa échapper un petit cri.

– Salim, te voilà! Rends-toi utile. Tiens prends ça et garde le bien collé sur son front.

Salim s'approcha tremblant, prit le pistolet que le Général lui tendait et le braqua sur le front de Samourié. Respirant profondément, il tenta de contrôler le tremblement de son corps. Il avait déjà tiré avec une arme, mais jamais sur un homme. Et il n'avait jamais vu d'homme mourir. Mais il voulait montrer qu'il était brave devant le Général. Samourié leva la tête péniblement et le regarda dans les yeux.

– C'est bien petit! Maintenant appui sur la gâchette. Ne te laisse pas impressionner par ses yeux de chien battu.

– Que… quoi?

– Allez vas-y! Tire!

Le cœur de Salim se serra. Il n'avait pas le choix, c'était un ordre direct.

– Qu'est-ce que tu attends? Tire! Je n'ai plus besoin de lui. Il emportera ses secrets et ses mensonges dans sa tombe.

Salim ferma les yeux et tira. Il ne se passa rien. Samourié qui avait retenu son souffle expira bruyamment. Dawara et les autres gardes se mirent à rire grassement.

– Qu'est-ce que tu croyais? Que j'allais te laisser me débarrasser de notre plus belle prise aussi vulgairement! Je lui réserve autre chose.

Dawara reprit le pistolet et fit un clin d'œil au Chef, qui avait cru un instant ne jamais pouvoir réaliser sa petite vengeance personnelle. Salim, tremblant, alla se réfugier dans un coin. Il n'avait pas vu le Général vider le chargeur du pistolet. Il était soulagé en même temps de ne pas avoir tué un homme.

– Allez viens Salim, tu nous as prouvé que tu étais un vrai homme, pas une lavette. Ce soir tu manges à ma table. Je te prédis une grande destinée.

Hakim avait suivi toute la scène d'un œil mauvais. Salim qui était là depuis moins longtemps que lui prenait du gallon un peu trop vite à son goût. Sa machette avait envie de chair fraîche et Salim ferait un excellent repas.

– Quant à lui, ajouta le Général en faisant un geste dédaigneux vers Samourié, enfermez-le dans un placard et laissez-le mijoter dans son jus jusqu'à demain. Attendez, j'ai une meilleure idée. Il y a sous les cuisines, des pièces qui servent de garde-manger. Trouvez-lui un coin douillet, sur le sol dur. Et laissez la lumière allumée. On ne voudrait pas qu'il oublie le soleil durant son séjour. Ça devrait le faire réfléchir.

Dawara retourna dans le bureau avec un sourire satisfait, ce petit défoulement lui avait fait du bien.

– Je m'en occupe.

Le Chef s'avança, jetant un regard mauvais à Sangha qui arrêta son geste pour aider Samourié à se lever.

– Mes gars sont capables de s'en occuper. À moins que tu ne veuilles passer du temps dans les caves toi aussi, cher lieutenant.

Sangha se mit au garde-à-vous.

– Bah! Ne fais pas tant de manières avec moi. Tu sais que je suis un homme simple.

– Oui monsieur.

– C'est vraiment agaçant et impersonnel, ce « oui monsieur » à toutes les sauces. Il faudrait que j'en parle au Général. Laisse-toi aller Lieutenant. Nous sommes entre amis. Réalises-tu que nous sommes en train de construire un monde nouveau? Que c'est terminé l'Ancien Monde, les ancêtres! Il est temps qu'on laisse les morts mourir en paix.

– Oui monsieur.

– Oui quoi? Viens que je te regarde un peu.

Le Chef s'approcha de Sangha en le reniflant.

– Tu pues la déesse. Une autre dont il est temps de se débarrasser. Elle a rendu ce pays complètement débile. Mais j'ai mis mes petits gars sur le coup, dans quelques jours toutes les Mamés seront exterminées.

Samourié leva la tête pour voir les deux hommes s'affronter au-dessus de lui. Arborant un air de dédain, le Chef continuait de déblatérer sur le sort des adeptes de la déesse. Stoïque, Sangha regardait dans le vide. Son cœur battait la chamade et la colère lui faisait battre le sang à la tempe gauche. La sueur coulait le long de son dos.

— *Ne l'écoute pas.*

La voix de Samourié capta son attention.

— *Je suis avec toi.*

Sangha se retint de sourire. Le Chef poursuivait son monologue espérant le faire sortir de ses gonds.

— ... feront ce qu'on leur dit de faire. Chacun sa place. Elles feront des garçons qui contribueront à bâtir le Baranté du futur. Une nation d'homme qui ne s'aplatira plus devant les femmes.

— Oui monsieur.

Le Chef l'observa longuement.

— J'ai l'impression que tu te fous de ma gueule. C'est important ce que je te dis. Tu dois comprendre que ces sales putes nous tiennent par les couilles et que si nous ne faisons rien, elles vont nous avoir.

Le Chef se mit à marcher à travers la pièce en déclamant. Il revint vers Sangha, le regarda longuement dans les yeux.

— Je le sais quand on essaie de me jouer des tours... je le sens. Hakim?

— Oui Chef.

— Ramasse-moi ce rat et attache-le dans la cave. Tu as entendu le Général? Dépêche-toi. Viens me voir dans mes appartements lorsque ça sera fait.

Hakim sourit. Toute la journée d'hier, il avait eu l'impression que le chef l'ignorait, le voyant flirter avec les gardes du Général. Mais au milieu de la nuit, revenant d'une tournée dans les rues de la capitale, le Chef lui avait fait signe de le suivre dans sa chambre.

– Bonne journée, mon petit Samourié. J'aime mon confort alors je ne viendrai peut-être pas t'accompagner dans tes oubliettes. Mais je voulais te dire que ton lit est vraiment confortable. Je me suis branlé devant ta photo et j'ai peut-être un peu sali celle de ta femme, mais je sais que tu ne m'en voudras pas. Nous sommes de vieux amis n'est-ce pas?

Samourié ne réagit pas, trop occupé à donner à Sangha ses instructions.

– *Dis à mon père que je vais bien. Les garde-manger communiquent avec des tunnels qui permettent de sortir du palais. Arrange-toi pour être de garde cette nuit. On en rediscutera.*

– *Bien monsieur.*

Sangha fut soulagé. Il savait qu'il y avait des passages secrets. En fait, c'était une légende qui courrait au palais. Mais l'information était bien gardée par les membres de la famille et surtout par les enfants. Samourié avait la mauvaise habitude, adolescent, de jouer des tours comme de disparaître et de réapparaître complètement à l'autre bout de la maison.

– Tu peux bien faire comme si tu ne m'entendais pas mon petit Samourié chéri. Mais je t'aurai. Dans quelques jours tu seras à moi.

Hakim et deux jeunes gardes emmenèrent Samourié dans les caves. Ils l'installèrent dans une pièce qui devait servir à entreposer le vin. Mais comme le président Mamburo ne buvait pas, les caves étaient restées vides. Ils allumèrent l'unique ampoule qui éclaira la pièce d'une lumière lugubre. Il faisait chaud, mais beaucoup moins chaud qu'à la surface.

– Tu seras bien ici. Loin du soleil. Le Général est vraiment trop bon avec toi.

– Remercie-le pour moi.

Surpris par le ton dédaigneux de Samourié, Hakim lui donna un coup de pied.

– Oui je le remercierai! Tu n'es plus rien. Tu n'es plus le fils du président, parce que ton père n'est plus président. Juste de la vermine que l'on nourrit dans des gamelles de chiens.

La porte se referma laissant Samourié seul avec l'ampoule.

Sur le sol Samourié reprit peu à peu conscience. Les paupières enflées, il ne put ouvrir les yeux. Se concentrant sur son environnement, il détecta la présence d'un seul garde. Très jeune lui sembla-t-il? Parfait, il serait plus facile à maîtriser si besoin était. Le mieux aurait été de faire le moins de dégâts possible, mais Samourié comprenait que les scrupules n'avaient plus leur place dans ce genre de situation.

Selon la chaleur qu'il faisait dans la bibliothèque, il se dit qu'il devait être au tout début de l'après-midi. Bougeant le moins possible à cause d'une douleur sur le côté droit, il s'installa pour passer les prochaines heures le plus confortablement possible.

À peine s'assoupissait-il qu'il perçut une odeur très prononcée de fauve, une senteur musquée, mais aussi l'odeur du sang. Un grondement sourd se fit entendre dans l'étroite pièce. Samourié ne perçut aucun mouvement du côté du garde, il était éveillé et alerte, donc...

– Ne me cherche pas parmi les mortels. Je suis toi, émanant de ta propre conscience. Tu m'as appelée, *far o dan Samourié*[2]. Je suis là.

– Déhana...

– Je suis là.

– Qu'est-ce qui se passe? Mon père ne t'a-t-il pas toujours servi avec diligence et respect?

– La réponse est souvent la question. Je t'attendrai au dehors, *far o dan*. Je guiderai ta route. C'est maintenant que ta mission débute, *maré ifar denda né*[3].

– Ma mission? Je suis prisonnier d'un fou qui n'attend que le bon moment pour me tuer ou me donner en pâture à son chien galeux de chef de pacotille...

– Suffit! Tu as été choisi, tu ne peux rien contre ton destin.

– Choisi, mais à quel prix...

Un long rugissement de colère emplit soudainement la pièce. Samourié frissonna et se recroquevilla contre lui-même. Ouvrant les yeux avec difficulté, ce qu'il vit le remplit d'horreur. Un immense torse de femme complété par un corps de lion se tenait devant lui. Ses quatre pattes se confondaient avec des flammes rougeoyantes. Entourant sa tête, un cobra dardait des yeux étincelants dans sa direction. Pétrifié, il n'osa prononcer une parole.

---

[2] *Mon fils aimé Samourié.*
[3] *Celui que j'ai choisi.*

— Déhana te montre son visage pour que tu entendes l'importance de ta mission. Déhana a choisi. Ta mère au jour de ta naissance a vu et entendu.

— Ma mère...

— Ne t'inquiète pas pour elle. Déhana veille.

— Et mon père?

— Déhana est ton père.

Samourié resta silencieux. En lui, se débattaient la peur et le doute. Mais aussi, il sentait monter des profondeurs, un fugace sentiment de paix. Il l'avait toujours su. Un jour il devrait faire ce pour quoi il avait été choisi. Il avait toujours cru que ce serait dans un futur lointain. Son père allait-il mourir dans les prochains jours? Une profonde tristesse lui noua le ventre. Un rêve longtemps rêvé de lui-même président et de son père jouant et racontant le vieux Baranté à ses petits-enfants. Déhana semblait en avoir décidé autrement.

— Ne te laisse pas avoir par les apparences. Ce qui semble mort ne l'est peut-être pas. Les rêves existent dans la dimension où ils sont rêvés. Le monde des mortels n'est pas l'unique monde.

Épuisé et las, Samourié soupira.

— Reste avec moi...

Samourié s'endormit, un parfum de fleur embaumant l'espace réduit. Le jeune garde à la porte jeta un coup d'œil dans la cellule de fortune. Son nez ne pouvait le tromper, c'était bien le parfum de *mirianté* qui embaumait la cave. Pourtant, le prisonnier semblait toujours inconscient. Le parfum s'évapora dans l'air et l'adolescent se dit qu'il avait dû rêver. La fatigue et les émotions de la longue journée d'hier devaient lui jouer des tours. Un peu d'herbe l'aiderait sûrement à se calmer. Sortant de sa poche un petit sachet contenant des herbes fines et du papier, il se confectionna une cigarette. À peine l'avait-il allumé qu'il entendît des pas dans l'escalier. Hakim parut, accompagné de deux soldats et d'un homme en chemise et cravate portant une mallette. Au garde-à-vous, le jeune garde les observa avec curiosité.

– Il est ici.

L'homme s'approcha de Samourié et vérifia ses signes vitaux. Ouvrant sa mallette il en sortit une seringue et une petite bouteille contenant un liquide ambré. Il fit une injection au prisonnier.

– Dans quelques minutes, environ une dizaine, il devrait être prêt pour un interrogatoire. Est-ce que je peux m'en aller?

– Voyons docteur, répondit Hakim, vous ne voulez pas déjà nous quitter? Le Chef m'a dit de vous garder encore un peu, pour vous assurer qu'il ne nous claque pas entre les doigts pendant qu'on le questionne.

Tremblant, le docteur acquiesça et se retira dans un coin de la pièce. Hakim s'approcha de Samourié et lui donna un coup de pied pour le réveiller.

– Allez debout fils de chien! On joue au fainéant!

Samourié qui s'était éveillé au contact du docteur fit semblant de dormir encore. Mal lui en prit, car Hakim qui venait de passer une demi-heure avec le Chef était prêt à tout.

Rassuré sur son avenir parmi les jeunes guerriers de la libération, ce n'était pas un fils déchu de président qui allait lui faire perdre son temps. Un violent coup de pied au visage força Samourié à lever le bras pour signifier qu'il avait compris. Péniblement, il se mit à genoux, incapable d'ouvrir les yeux, il respirait difficilement. Le docteur s'avança pour l'aider.

— Reste dans ton coin. Il se lèvera tout seul, maintenant que sa mère n'est plus là. Allons-nous enfin voir le véritable Samourié? Le faible et l'incapable Samourié. Le choisi! Voyez-vous ça! Une histoire pour endormir les enfants et les vieillards.

Les deux soldats qui accompagnaient Hakim se regardèrent. Plusieurs fois, ils avaient été témoins d'événements inexplicables autour de Samourié. En le voyant par terre, brisé et sans force, ils eurent un élan de pitié. Le plus vieux des deux, Éric, s'avança.

— Allez, fait ce que l'on te dit!

Il avait parlé d'une voix forte et rude, mais lorsqu'il prit Samourié par le bras pour le mettre debout, son geste fut empreint de douceur. Samourié s'apaisa à l'intérieur, il lui restait encore des alliés. Des alliés qui risquaient leur vie en l'aidant... Il fut pris d'un soudain vertige et chancela, mais les bras puissants le retinrent. Entre temps, le second soldat avait pris la chaise du vigile et l'avait apportée pour que Samourié puisse s'y asseoir.

— Il est prêt, la drogue fait son effet.

— Merci docteur.

Hakim prit le transmetteur qu'il avait à sa ceinture et appela.

— Chef, il est prêt pour l'interrogatoire.

— C'est bon, mon petit, nous arrivons.

Tout le monde resta silencieux. Samourié concentra toutes ses forces, il sentait qu'il perdait le contrôle de ses pensées. Chaque mot prononcé lui effleurait l'esprit et l'amenait dans des recoins perdus de sa conscience. Il se rappela un cadeau que sa mère lui avait fait à quatre ans. Souvenirs qu'il pensait avoir oubliés à tout jamais. Elle lui avait offert un tour d'hélicoptère. Fasciné par ces appareils, Samourié criait et sautait partout lorsqu'il en voyait un. Il se rappelait d'être assis à l'arrière et soudain d'entendre une voix sortie de nulle part qui donnait des instructions. Plus tard, il comprit le fonctionnement d'une radio. Mais ce jour-là, il avait cru à un tour de magie mystérieux. Longtemps, il avait voulu devenir pilote et lui aussi faire entendre des voix venues de nulle part.

– Écoute-moi quand je te parle!

Samourié leva la tête. Perdu dans ses pensées, il n'avait pas entendu le Chef s'approcher de lui. Il tenta de se recentrer pour ne pas perdre le fil.

– Ne t'inquiète pas mon doux chéri ce n'est pas encore l'heure de notre nuit de noces. Si tu coopères bien, elle pourrait arriver plus tôt que prévue.

Le chef était arrivé avec un grand gaillard de près de sept pieds. Sa peau était noire comme l'ébène. Venu de l'ouest de l'Afrique, le géant était sourd et muet. Il avait été recruté par le Général Dawara quelques mois plus tôt et avait terrorisé des villages lors des raids pour ramasser des enfants et des adolescents qui deviendraient des soldats.

Le plafond devint soudain très bas lorsqu'il pénétra dans la pièce. S'approchant de Samourié, il fit signe qu'on lui attache les pieds. Sortant un couteau de sa poche il prit une des mains du prisonnier et commença à lui entailler la peau en surface. Samourié retint un cri. La douleur irradia jusqu'à son cerveau embrumé. À partir de ce moment là, il n'arriva plus à se concentrer. Les questions fusèrent et il tenta d'y répondre, malgré son esprit confus. Sa bouche était pâteuse, il avait soif.

La ronde de questions dura des heures, lorsque l'interrogatoire se termina, Samourié avait perdu toutes notions du temps. Il perdit connaissance à plusieurs reprises, pour se réveiller sous l'effet d'un stimulant quelconque. Sa résistance s'effritait de plus en plus. Ce fut une chance que le Chef ne sut pas exactement de quoi il retournait. Samourié crut distinguer, à travers sa pensée brumeuse que les informations qu'il avait à la base étaient erronées. Ainsi lorsqu'il lui demandait où était l'argent qu'il avait détourné, il répondait qu'il ne le savait pas. L'argent n'avait jamais été détourné. Et quand il lui demandait où étaient les comptes secrets : il n'y avait pas de comptes secrets.

— Tout le monde ne fait que me vanter ton intégrité et ton honnêteté. Tu as réussi à abuser tant de monde aussi longtemps. Je ne sais pas comment tu as pu faire ça, mais tu es un menteur de la pire espèce. Docteur, donne-lui une plus forte dose. Ça ne fonctionne pas ton truc.

— Je ne peux pas lui en donner plus, avec les stimulants il risque de faire un arrêt cardiaque.

— Mauvaise réponse docteur.

Le Chef, épuisé par les longues heures d'interrogatoire stérile, s'approcha du docteur avec un air menaçant.

— Je suis certain que tu ne veux pas que je lâche mes petits gars contre toi.

Le docteur recula dans un coin, la sueur coulait le long de son dos et il avait de la difficulté à respirer. Les doigts tremblants, il tenta de dénouer sa cravate.

— Viens ici docteur.

Le Chef prit la cravate entre ses mains et serra jusqu'à étouffer l'homme.

– Je n'aime pas quand on me prend pour un imbécile. Si je te dis d'augmenter la dose, tu le fais. On n'argumente pas avec le Chef.

Le docteur fit signe que oui de la tête. Les yeux remplis d'eau, il tenta de reprendre son souffle quand le Chef relâcha son étreinte. Au même instant Samourié s'affala sur le sol, traînant la chaise, à laquelle il était toujours attaché, avec lui.

Furieux le Chef se mit à le rouer de coups. Samourié n'eut plus aucune réaction. Le docteur se précipita pour vérifier qu'il respirait encore, un violent coup de pieds dans les côtes le fit reculer.

– Dégage! Je sais qu'il est toujours en vie.

Soupirant, il jeta un regard dédaigneux sur le blessé à ses pieds.

– Bon tout le monde dehors, je vais le laisser mijoter dans son jus quelques heures. Peut-être se réveillera-t-il dans de meilleures dispositions? Vous deux, ordonna-t-il en pointant Éric et un autre garde, détachez-lui les pieds et restez en attendant la relève.

– Oui monsieur.

Le Chef regarda celui qui avait répondu, croyant voir une lueur moqueuse dans son regard. Il n'était pas particulièrement paranoïaque, enfin ne le pensait-il pas, mais depuis la journée d'hier il avait l'impression que l'on murmurait dans son dos.

Les gardes s'empressèrent de détacher Samourié, encore inconscient, aussitôt que le Chef et sa suite quittèrent la cave. Éric prit sa gourde et lui fit boire quelques gorgées d'eau.

– Il est complètement fou, murmura-t-il.

– Ne parle pas trop fort, on pourrait t'entendre, lança le second garde en jetant des yeux effarés vers la porte.

– Tu ne comprends pas. Il est fou. Je ne sais pas ce que je fais ici, à torturer celui qui autrefois m'a nourri et protégé. Le lieutenant Sangha m'a parlé tout à l'heure, à mots couverts. Il va tenter de faire sortir monsieur Samourié d'ici.

– Ça ne marchera jamais.

– Salié, toi et moi on est ici depuis longtemps. Crois-tu vraiment tout ce que le Général a dit sur le président?, demanda fermement Éric.

– Je ne sais pas…

– Combien de fois as-tu accompagné Ama Sarah? Tout autant que moi. L'as-tu déjà vu lever un seul de ses gracieux doigts contre un enfant?

– Le Général a dit qu'elle ne le faisait pas elle-même, mais qu'elle engageait des gens pour le faire…

– Combien de fois es-tu resté dans la même pièce que le président et son conseil privé?

– Très souvent.

– L'as-tu déjà même entendu dire quoique ce soit qui allait à l'encontre du bien du peuple?

– Non, mais…

– Mais quoi? Tu crois que le conseil faisait des réunions en secret pour ne pas que l'on entende? Le seul qui à tout moment demandait que l'on sorte de la pièce quand il avait des rencontres ou des appels téléphoniques, c'est le Général.

Salié ne répondit pas. Il savait qu'Éric avait raison. Mais comment pourrait-il vivre avec le fait qu'il soit coupable de trahison?

– Je comprends Salié, on veut toujours être du côté des plus forts. Mais le Général ce n'est pas le plus fort. Sa cause n'est pas juste.

Samourié qui avait écouté l'échange entre les deux hommes murmura difficilement :

– Éric... Je... sortir d'ici. Sangha... doit...aider.

– Oui monsieur, nous allons vous faire sortir d'ici.

Samourié perdit à nouveau connaissance dans les bras du garde.

– Tu es fou, on va se faire tuer, haleta Salié, de plus en plus nerveux et agité.

– Rappelle-toi que tu as donné ta vie pour protéger la sienne. N'es-tu pas le descendant des guerriers Hutar des montagnes du sud? La parole donnée ne peut être reprise. Tes ancêtres doivent se retourner dans leur tombe en entendant les paroles d'un pleutre comme toi.

– Laisse mes ancêtres tranquilles. Je suis libre de faire ce que je veux et...

– Libre? Ta peur t'enferme dans ta propre raison.

– Voilà le philosophe qui refait surface. Tu as vraiment raté ta profession, mon pauvre ami. La réalité c'est que je me suis engagé à protéger mon chef tant que je serais en vie. Aujourd'hui je suis en vie et mon chef a simplement changé de nom.

– Le cynisme ne lavera pas ton honneur. Mon cœur me brûle et me fait mal. Je devrais m'ouvrir les veines sur le champ pour n'avoir pas respecté mon serment.

– Bah… Un ou l'autre. Ils sont frères, ça ne doit pas être si terrible.

– De quoi parles-tu? Ils sont frères? Je ne comprends pas?

– Mais oui, le nouveau président c'est Bertrand Mamburo.

– Ce fainéant!

– Chut! Ne crie pas! La porte du bureau était ouverte ce matin et j'ai tout entendu. C'est Bertrand le nouveau président.

Éric déposa le corps de Samourié sur le sol et se leva. Sans un mot, il se mit en position debout près de la porte.

– Éric?

– Laisse-moi. On m'a donné l'ordre de garder le prisonnier, c'est ce que je fais.

Intrigué, Salié regarda son compagnon qui ne broncha pas. À son tour, il s'installa devant la porte de la cellule, attendant qu'on vienne les relever.

Le soleil descendait rapidement à l'horizon, laissant dans le cœur des Barantéens des relents de dégoût. La nuit couvrirait peut-être ce que le jour avait mis à nu. La honte, apparaissant sur les visages, disparaîtrait peut-être dans la noirceur. Enfin l'espéraient-ils tous au fond de leur cœur.

*** *** ***

Jour 3

1

L'urgence pour Mimiansa de sauver cet homme qu'elle a trouvé sur le bord de la route près de sa maison. Après avoir vu ses parents être assassinés, frappés à coup de machettes, cet homme blessé qui respire encore est sa planche de salut. Le faire boire, nettoyer ses plaies, appliquer un onguent de feuilles comme sa Mamé le lui a montré, pour guérir les maux de la peau. Jour après jour, nuit après nuit, veiller la vie qui s'accroche. Veiller jusqu'au premier réveil, jusqu'au premier instant où les yeux s'ouvrent. Enfin ouvert comme le premier regard de l'enfant qui vient de naître.

Un nouveau-né qui hurle sa faim d'un cri déchirant, qui hurle la séparation de la matrice. Mamé l'avait souvent amené avec elle pour lui montrer comment sortir les bébés du ventre. Comment les nourrir, pour qu'ils deviennent grands et forts comme Mimi. Elle ferait la même chose pour l'homme. Le nourrir comme un nouveau-né.

Jour et nuit, elle lui donna du lait de chèvre mélangé à de la poudre de maïs. Un sac de maïs qu'elle avait aussi trouvé, éventré, sur le bord de la route. Tout comme la chèvre perdue, penchée au-dessus d'elle hier matin à l'aube. La chèvre qui avait gardé Mimi en vie.

Mimiansa avait couru en silence pour effacer dans le vent, le regard vide de sa Mamé et l'image de son ventre ensanglanté. Pouné ne naitrait jamais. Mimi ne pourrait jamais plus aider Mamé à faire ouvrir les yeux des bébés et souffler la vie dans leurs bouches pour qu'ils se mettent à crier.

Mimi avait couru dans les bois pour se cacher. Elle avait bouché ses oreilles pour ne pas entendre les hurlements de toutes les Amas que l'on éventrait. Elle avait fermé les yeux pour ne pas voir les enfants que l'on tirait dans le dos, alors qu'ils tentaient de se sauver. Pour une raison que personne ne saura jamais, Mimiansa avait survécu au massacre de son village. Elle avait attendu que la nuit arrive, terrée dans les fougères, son corps minuscule disparaissant aux regards.

Après une longue journée de marche, Mimi avait trouvé une petite maison, invisible de la route. Un abri sans personne, que l'on avait dû fuir en toute hâte. Elle y avait fait son nid, trouvant pour se nourrir, des racines et des champignons comestibles et furetant dans le jardin abandonné pour trouver quelques légumes. La rivière toute proche lui fournissait de l'eau. Elle y avait vu des corps flottants à la surface. Mimi avait détourné les yeux.

Depuis sa fuite, elle n'avait pas vu un seul être humain vivant. Seulement des morts, partout. Sauf ce matin, où un camion s'était arrêté pour jeter un paquet sur le bord de la route. À l'intérieur des hommes hurlant de joie, tirant des balles de mitraillette en l'air. Mimi s'était cachée dans un trou recouvert de planches, qu'elle avait creusé derrière la maison, juste au cas où elle n'aurait pas eu le temps de s'enfuir.

Le camion était parti. Mimi avait attendu longtemps avant de sortir pour aller voir ce qu'ils avaient jeté. Ce n'était pas de la nourriture. Encore un mort. Il n'y avait que ça, que des morts qui pourrissaient et empestaient l'air. Sur le point de rebrousser chemin, elle avait entendu un râle et un autre et encore un autre. Sans bruit, elle s'était approchée. À cet instant, le mort avait ouvert les yeux.

– Déhana! Déhana, avait-il murmuré juste avant de s'évanouir.

Mimi connaissait Déhana. Mamé avait une statue bien en évidence dans la chambre commune. Déhana était la terre, la Mère nourricière, celle qui faisait germer les bébés dans les ventres. C'était aussi elle qui s'occupait des bébés qui ne voulaient pas avaler le souffle de vie. Elle les enveloppait de sa membrane de terre noire et avec le soleil et la pluie, elle les transformait en lumière. Ainsi, il pouvait revenir à l'intérieur d'un ventre sans avoir peur du noir.

Mimi souleva l'homme par les épaules. Fiévreux, il était blessé à plusieurs endroits. Des plaies béantes lacéraient son dos et ses mains étaient tachées de sang séché. Il n'avait pas de chemise et son pantalon était en lambeaux. Trop lourd pour elle, Mimi le laissa par terre. Derrière la maison, il y avait la vieille brouette, utilisée pour rapporter le sac de farine qui traînait abandonné. Cela ferait aussi l'affaire pour ramener l'homme jusqu'à l'abri. Un homme en vie.

Elle courut chercher la brouette et réussit tant bien que mal à hisser le blessé dessus et le pousser dans le champ et les herbes hautes malgré ses gémissements, jusqu'à la maison. En le couchant sur une paillasse, elle lui souffla dans la bouche, comme tant de fois elle avait vu Mamé le faire avec les bébés. Aujourd'hui, c'était elle la Mamé, la donneuse de vie.

Et la longue veille commença.

*** *** ***

2

À son réveil, il fait noir. Les lieux ne lui sont pas familiers. Pourquoi dormirait-il sur une paillasse dans une mansarde de paysan? Peut-être encore une idée de sa mère pour qu'il puisse connaître la façon dont vit son peuple, pour mieux assister son père dans sa lourde tâche de remettre le pays en condition. Ama Sarah était une femme exceptionnelle, dédiée à son peuple et surtout aux femmes. Quelle chance il avait de l'avoir pour mère, même si elle semblait dure parfois avec lui, il n'avait jamais douté de son engagement à faire de lui un homme digne et honnête.

Refermant les yeux, il chercha dans ses souvenirs une image de son Ama bien-aimée. Et soudain, il revit toute la scène, Ama, Salomé et les enfants que l'on emmène. Le canon de la mitraillette pointée sur son père. Et le rire. Le rire fou du Général Dawara. Des larmes lui piquèrent les yeux. Où étaient-ils tous? Et lui, était-il encore dans cette affreuse prison? Il se rappelait le sol dur et froid et la lumière. Une lumière vive qui ne s'était jamais éteinte. Peut-être était-ce une ruse, la noirceur, le lit, les couvertures. Une ruse pour l'amadouer.

Samourié tenta de relever la tête, mais la douleur dans son dos fut si vive qu'il la reposa aussitôt. Il gémit. Un bruit tout près de lui le fit sursauter. Un garde peut-être qui venait voir. Une lampe s'alluma dans le coin de la pièce et il vit avec surprise une toute petite fille s'approcher, un linge humide dans la main. Il eut un mouvement de recul instinctif, qu'elle ne sembla pas remarquer. Elle s'approcha et essuya son visage. Samourié la regarda étonné.

– Qui es-tu?

Sa voix faible et rauque le surprit. Lui pourtant qui était reconnu pour son assurance. L'enfant ne répondit rien et prit un verre posé par terre près du lit de fortune.

Avec une cuillère, elle lui offrit à boire un liquide épais et jaune. Se rendant soudain compte qu'il mourrait de faim, il avala goulûment le contenu de la cuillère. Il n'avait jamais rien goûté d'aussi bon. Plus il regardait l'enfant et plus son visage lui semblait familier. Comme ces images de rêves qui restent au réveil, mais qui bientôt se dissipent dans la lumière du jour et dans l'oubli.

Il se sentit soudain très fatigué et ferma les yeux. L'enfant se mit à chanter une vieille chanson traditionnelle. Ama Sarah chantait cette chanson aux enfants et elle la lui avait chantée souvent alors qu'il était tout petit. Immobile, au milieu de l'inconnu, Samourié pleura, espérant les bras chauds de son Ama et ses paroles apaisantes. Samourié pleura la douleur qui irradiait dans son corps. Il pouvait entendre sa voix se confondre avec celle de l'enfant. Il pouvait entendre la voix de toutes les Ama du pays dans la voix de cette enfant. La douleur d'une mère qui voit son enfant mourir. L'appel à Déhana. Samourié pleura longtemps avant de se rendormir.

Mimiansa chanta encore longtemps après que l'homme se fut endormi. C'était comme si en chantant le nom de Déhana, elle pouvait la sentir près d'elle et ne plus se sentir si seule. L'homme s'était enfin réveillé et il avait parlé. Mimiansa avait respecté tous les rituels que sa Mamé lui avait montrés quand les bébés ne savaient pas s'ils désiraient rester ou non dans le monde des vivants.

Mamé lui avait expliqué que les enfants qui venaient de naître étaient de grands sages. En restant, ils offraient des leçons aux vivants sur la puissance de la vie. Et lorsqu'ils choisissaient de partir, c'était aussi une leçon sur la fragilité de la vie. Chaque seconde de vie est un cadeau qu'il ne faut pas gaspiller. Et lorsqu'un bébé n'a pas encore choisi s'il reste ou s'il part, c'est aussi une leçon.

Qui sommes-nous les uns pour les autres lorsqu'un des nôtres a besoin de soutien? Mimiansa, avait vu une communauté entière se relayer pour héberger et nourrir les huit enfants d'une femme dont le dernier né était faible et fragile. Toutes les femmes étaient venues passer une nuit près de la mère et l'enfant pour chanter et assister Mamé. Ensemble, elles pratiquaient des rituels où l'on massait le bébé pendant des heures pour faire pénétrer la vie dans tous ses membres. Un autre ou chacune des Amas prenait l'enfant sur sa poitrine, pour qu'il entende les dizaines de cœurs de mères qui l'aiment et le chérissent.

Jour et nuit, elle avait gardé les yeux ouverts pour ne rien manquer. Les femmes avaient aussi joué aux cartes durant la journée pour lui montrer à l'enfant les plaisirs simples de la vie. Le jeu, la bonne compagnie et les femmes. L'enfant était parti, mais elle se souvenait encore de ces nuits sans sommeil avec les femmes chantant, pleurant et riant. Ces femmes qui avaient déjà vu bien des enfants mourir. Mamé disait que c'était le cycle de la vie. Mais même lorsque la raison disait qu'il n'y avait plus d'espoir, le devoir des femmes était de nourrir et de protéger la vie, mais de ne pas s'y accrocher quand elle choisissait de partir.

Mimi n'avait pas joué aux cartes durant la nuit de veille, elle n'en avait pas trouvé dans la maison, mais elle avait fait un jeu de billes avec des pierres polies qu'elle avait trouvé au bord de l'eau. Comme les femmes, elle avait pleuré, chanté et rit. Elle avait à peine dormi durant ces trois derniers jours, depuis qu'elle avait fui son village.

Mimi resta debout à côté du lit de longues minutes. Sur son âme le poids trop lourd de la tristesse. Elle regarda la forme allongée sur le lit et se souvint de la première fois où elle avait vu quelqu'un mourir. C'était une fille plus âgée, Dirgea, elle devait avoir quinze ans. Mamé avait un air triste quand elle regardait l'enfant. « Innocence », avait-elle dit lorsque la vie était sortie en un long râle profond par la bouche.

– Pourquoi est-ce que Dirgea est partie? Est-ce que c'est son baba qui lui a donné sa maladie?

Mamé l'avait regardé longuement.

– Tu feras une bonne Mamé. Tu comprends tant de choses, ma douce Mimi. Sans même que l'on ait besoin de t'expliquer.

– Dirgea était triste tout le temps. Son baba lui faisait du mal.

– Tu sais lire la lumière et l'ombre dans les gestes et les regards.

Mamé avait fermé les yeux de Dirgea, prit la main de Mimiansa et était sortie dans la lumière. Mimi avait vu à ses yeux perler un profond chagrin.

– Mamé...

Mimi se sentit soudain très seule. Les interminables journées de solitude pesèrent sur ses maigres épaules. L'homme s'était enfin réveillé et avait parlé. Ses doigts s'avancèrent pour toucher son front. La fièvre était tombée. La prochaine nuit serait moins agitée.

Délicatement, elle éteignit la lampe pour économiser l'huile et écouta la nuit silencieuse. Les grillons s'étaient tus.

Un chien hurla au loin laissant dans l'air une empreinte de désespoir. Mimi se coucha sur le sol et pleura. Les heures s'allongèrent laissant couler de son cœur une rivière de larmes, tantôt tumultueuse, tantôt paisible. Au cœur de sa peine, elle sentit sur elle la main chaude et apaisante de Déhana dans laquelle elle se lova. Embryon de vie craintif au centre de l'infini, habitée tout entière par le tourment, Mimi se vida de toute son eau.

Amère, elle avait fait défiler dans sa mémoire les visages aimés des habitants de son village. Même le vieil homme qui n'avait pas d'âge était venu la bercer dans sa solitude. Elle se rappelait ses histoires invraisemblables de sorcières et de serpents ou encore de petite Mimi à qui il arrivait des aventures extraordinaires dans les profondeurs de la jungle. Mimi n'avait jamais vu d'animaux sauvages, mais Baba Fhandi les faisait apparaître à la lueur du feu sur un immense drap blanc tendu dans le vide. Avec le temps, Baba Fhandi avait bricolé avec de vieilles planches de bois un théâtre d'ombres. Ses mains continuaient de ravir l'imaginaire, malgré l'arthrite qui les atrophiait.

Plusieurs fois par semaine, elle venait le voir avec un pot de pommade que Mamé lui faisait exprès. Elle lui massait les mains, curieuse de voir apparaître au creux de sa paume, des lions et des girafes.

– Gentille Mimi, tes mains ravivent la jeunesse dans mes pauvres doigts.

– Dis-moi Baba Fhandi. As-tu apprivoisé tous les animaux sauvages qui habitent dans tes mains?

Baba Fhandi avait ri longtemps. Mimi avait ri avec lui, ne sachant trop s'il riait d'elle ou de ce qu'elle avait dit. Son rire habita l'espace dans la cabane, ravivant les souvenirs heureux de l'enfance.

Durant la nuit, Mimi s'était accrochée au visage de Mamé, l'entourant de ses petites mains, avide de sentir le baiser maternel sur son front. Elle voulait garder dans son esprit et pour la vie ce regard de tendresse qui lui permettait de respirer. Le souffle d'amour transmis de mère en fille depuis des générations. La puissance des Mamés en expansion, l'expression de l'abondante et généreuse Déhana sur la terre aride du Baranté.

L'aube apparut, trouvant le petit corps frêle toujours allongé sur le sol à côté du lit. Se levant, les yeux secs et le corps léger, Mimiansa alla chercher de l'eau à la rivière.

Le soleil se leva à nouveau sur le Baranté.

*** *** ***

3

L'impatience grandissait au cœur de Bertrand Mamburo. Les choses se déroulaient trop lentement à son goût. Selon le plan, ils auraient déjà du recevoir une certaine reconnaissance internationale. Peut-être était-ce le cas, mais les communications avec l'extérieur étaient difficiles. Toute la nuit, ils avaient tenté de faire fonctionner le satellite du palais.

– Je suis entouré d'incapables, murmura-t-il entre ses dents.

Assis dans l'immense fauteuil de cuir où son frère s'assoyait pour prendre les décisions, Bertrand rongea son frein. Voulait-il vraiment le pouvoir? Voulait-il vraiment de ce pays merdique, dans lequel tout élan de passion était anéanti par un soleil hargneux et tueur? Rien dans ce pays ne l'attirait. S'il avait à choisir, il s'installerait à Milan ou Venise. Il aurait du partir avant le Jour J et attendre que le pays soit prêt à le recevoir. Il n'avait pas besoin d'être ici, mais il avait voulu voir son frère écrasé et faible.

Par contre, ce qui l'irritait le plus, c'était que même attaché sur une chaise, Koné le narguait encore, subtilement, dans ses regards, dans son silence obstiné. Koné s'était tut, lorsqu'ayant demandé des nouvelles de son fils, Dawara avait hésité.

– Ton fils...

– Oui mon fils, Jacques. Où est-il? Comment va-t-il?

– Koné, ton fils n'est plus ici, répondit Dawara visiblement mal-à-l'aise.

– Que veux-tu dire, il n'est plus ici?

– Je l'ai fait transférer dans une de nos bases à l'extérieur de la ville.

– Et?

– Et rien.

– Jacques, je te connais. Je sais quand tu me mens! Dis-moi ce qui est arrivé à mon fils.

– Arrête! Tu ne sais pas quand je te mens. Cela fait des mois que je travaille sur ce « projet » et tu n'as rien vu tellement tu es envouté par ta sorcière…

– Ma sorcière!, hurla Koné.

Koné inspira profondément, réprimant la colère qui brûlait en lui.

– Je croyais que tu étais amoureux de ma sorcière…

Le Général Dawara parla lentement en tentant de maîtriser sa voix.

– Tu as eu ta chance Koné. C'est moi qui mène maintenant et j'ai le pouvoir sur ta vie tout comme sur celle de ton fils.

Koné plongea son regard dans celui de son ancien ami. Il était hors de question qu'il se batte avec lui comme deux coqs dans un vulgaire combat de basse-cour. Mais, Koné se promit que lorsqu'il sortirait d'ici, il s'occuperait personnellement de Jacques, de ses propres mains. Parfois, il fallait se salir pour exterminer la vermine.

– J'espère pour toi que mon fils est encore en vie.

– Pourquoi? Que vas-tu faire?

– Tant que mon fils ne sera pas là debout devant moi tu ne sauras rien.

– Ah! Ah! Ah! Qu'est-ce qui te dis que je ne sais pas tout ce dont j'ai besoin de savoir?, fanfaronna le Général.

Koné n'avait plus prononcé un seul mot, malgré les attaques de Dawara.

Bertrand fulminait. Il avait vu son frère, mais lui non plus n'avait pas réussit à le faire parler. Naïvement, il avait cru que Koné, loin de sa famille, craquerait. Mais étrangement, plus il se sentait éloigné d'eux, plus sa volonté se renforçait.

– Nous avons perdu Samourié…

Bertrand figea sur son siège; son cœur s'emballa.

– Que veux-tu dire Jacques par « nous avons perdu »?

– Je l'ai fait transférer comme tu me l'as demandé… ce matin un de nos convois a retrouvé le camion avec lequel il a quitté hier sous bonne escorte. Les deux gardes étaient morts et le prisonnier avait disparut.

Koné se retourna vers son acolyte et sourit.

– Et bien, un problème de résolu. Dans l'état où il était, il est impossible qu'il survive sans des soins appropriés.

– Mais on n'a rien. Il n'a rien dit durant l'interrogatoire. On ne sait pas où est l'argent, les comptes de banques et la fortune dont tout le monde parle, répondit Dawara avec passion.

– Nous les trouverons, ça ne m'inquiète pas. Il y en a un qui va craquer tôt ou tard. Mais ce n'est pas ce qui nous importe présentement.

– Qu'est-ce qui nous importe?

Bertrand soupira. Il était vraiment entouré d'incapables.

– Pour l'instant, nous devons établir notre pouvoir ici et au-delà de nos frontières. Pour Samourié… dit à notre contact de faire circuler la rumeur que c'est lui qui a fomenté ce coup d'État contre son père. Pendant qu'ils pleureront la fourberie de l'enfant chéri de l'Afrique, nous allons pouvoir manœuvrer en paix.

Le Général Dawara sourit. Bertrand était vraiment un être à part. Taciturne, certes, mais avec un esprit vif.

D'un geste de la main, il signala au Général de le laisser seul. Celui-ci sortit sans rien ajouter. Devant la grande fenêtre du bureau, Bertrand se remit à rêver de Milan... ou Venise.

*** *** ***

Jour 5

1

Mimiansa bêchait le jardin lorsqu'elle entendit quelqu'un crier du côté de la rivière. Le soleil venait à peine de se lever. Elle plongea sur le sol, se cachant dans les hautes herbes. Quatre coups de feu retentirent et ensuite ce fut le silence. L'enfant rampa jusqu'à la cabane. Elle pouvait se cacher dans sa cachette, mais l'homme était encore trop faible pour se lever et se déplacer et elle ne voulait pas le laisser seul.

Des voix retentirent juste derrière la maison. Elle recouvrit le blessé d'un drap et se cacha sous une boîte en bois qui servait de chaise.

— Tu as vu comme il détalait, dit une voix en riant. On aurait dit une gazelle poursuivie par les lions!

— Toi t'as l'air d'un lion! Ah! Ah!

— Ils sont vraiment cachés partout ces sales chiens. Le président et sa sorcière ont envouté tout le pays. Il faut nettoyer l'esprit du peuple...

— Bon ça va, ça va. Va voir à l'intérieur si tu ne trouves pas à manger. Ce jardin m'a l'air bien garni. Je suis affamé.

Sous sa boîte, Mimiansa se tassa, espérant devenir invisible. Si les deux hommes rentraient dans la maison, s'en était fini d'eux. Elle se mordit la lèvre pour empêcher ses dents de claquer et pria Déhana de les protéger. Des larmes lui vinrent aux yeux tellement elle se concentra fort.

Un coup de feu retentit près de la route.

— T'as entendu Jules?

— Oui, j'ai entendu, Anoub.

Un autre coup de feu se fit entendre.

— Merde on nous tire dessus, Jules.

– D'où ça vient?

– De la route, je pense!

– Viens, on va leur faire voir c'est qui le chef ici.

Les deux hommes s'accroupirent et avancèrent silencieusement en direction de la route, cherchant d'un œil fébrile l'assaillant. Anoub se leva un instant pour calculer la distance qui les séparait de la route. Il aperçut, juste devant lui un homme accroupi comme lui, qui semblait s'avancer vers eux. Anoub fit feu, mais rata la cible.

– Qu'est-ce que tu fais, nom d'un chien?, chuchota Jules.

– Il était là devant moi, je l'ai manqué.

– Attends que l'on soit certain de sa position, on tirera ensemble, un de nous deux finira bien par l'avoir.

Anoub soupira. Ce n'était pas ce qu'il avait prévu, lorsqu'il s'était engagé dans la milice. Un homme était venu chez lui et lui avait montré les photos des enfants de la sorcière. Il avait eu du mal à le croire, mais l'homme l'avait convaincu. C'était à cause de la sorcière que sa femme l'avait quitté et était parti avec les enfants.

La sorcière avait monté un complot avec les femmes pour prendre le pouvoir. Il n'y avait plus moyen de corriger sa femme lorsqu'elle était indisciplinée. Les femmes refusaient maintenant les relations sexuelles quand elles n'en avaient pas envie et prétextaient leur bien-être et leur plaisir aussi.

Anoub avait compris tout ça. L'homme lui avait parlé d'une voix douce et avait compris sa douleur. C'était la faute de Ama Sarah qui se prenait pour la mère du pays. Elle avait ensorcelé son mari le président et avait envouté les femmes.

Surtout sa femme qui maintenant était indépendante et le narguait pour avoir de l'argent pour nourrir les enfants.

Mais l'homme lui avait promis la richesse. Et depuis dix jours, il fuyait dans la campagne, en tuant les sympathisants du Président et de sa sorcière et en essayant de ne pas être tué.

Avec Jules, son jeune frère, il tentait de rejoindre l'armée de la libération qui était selon les rumeurs postée plus à l'ouest. Mais la route était longue et ils ne pouvaient pas voyager de jour, ni marcher sur les routes. Avec l'argent qu'on lui donnerait, il pourrait s'acheter une maison et se trouver une autre femme.

Les femmes aiment les hommes avec de l'argent. Il la prendrait plus jeune, il pourrait ainsi mieux la contrôler. Déjà, il se voyait entouré de richesse, avec de beaux vêtements. Il ne travaillerait plus comme potier, un métier qui ne donnait pas la mesure de sa grandeur.

Il fallait tenir, survivre jusqu'au camp. C'est comme ça que l'on reconnaîtrait les « vrais hommes du peuple », lui avait dit l'homme. Jules avait dit oui tout de suite. À deux, ils avaient réussi à le persuader que c'était la bonne chose à faire. Le jour convenu, il devrait mettre le foulard rouge sur son visage, c'est ainsi qu'ils se reconnaitraient entre eux. Il ferait ainsi partie de la Grande Libération. Anoub avait attendu le signal, et le jour dit, il avait mis son foulard, mis quelques affaires dans un sac, de la nourriture pour la route et pris l'arme qu'un homme était venu porter des jours plus tôt.

Accroupi dans les buissons, Anoub pensa qu'il n'avait pas mangé depuis quatre jours. Les provisions étant épuisées. Jules commençait à délirer parfois à cause de la chaleur. Peut-être aussi à cause de l'eau de la rivière qu'ils avaient bue. La rivière était souillée, les morts flottaient à la surface. Mais il fallait boire. Ils avaient fumé du hachisch pour tromper la faim. C'était la première maison qu'ils croisaient depuis qu'ils étaient sortis du village.

– Est-ce que tu le vois?

– Non Jules.

– Attends-moi ici, je vais le faire sortir de sa cachette.

– Non, reste ici!

Jules n'écouta pas. Il se voyait déjà en héros. Depuis le début du voyage, il comptait le nombre « d'envoutés » à qui il rendait la « liberté ». Certain de recevoir une médaille de bravoure à leur arrivée au camp, il tirait sans poser de question. Il se leva en hurlant et en tirant devant lui.

Anoub vit le corps de son frère s'arrêter et tressauter sous l'impact des balles. Quand son corps tomba dans la poussière, il ne regardait plus. Il resta longtemps tapi dans le buisson attendant que l'ennemi se montre. Mais personne ne vint. Peut-être que l'autre aussi attendait. Les minutes passèrent et il se demanda quoi faire.

Jules était plus jeune que lui, mais c'était lui qui décidait. Il était fonceur et volontaire, alors que lui était prudent. Anoub aimait prendre son temps pour se décider, il n'aimait pas prendre des décisions à la légère. Mais Jules cuisait sous le soleil à quelques pas de lui.

Il rampa jusqu'à la cabane. Si l'autre le voyait, et bien le premier qui tirerait était le plus chanceux. Il en avait assez de fuir, il avait faim. L'ombre soudaine de la cabane comparée à l'éclat du dehors lui fit cligner des yeux.

Sa vue s'habitua peu à peu à la pénombre et il se mit à distinguer le contour des objets. Une table avec deux boîtes en bois servant de chaise et une armoire, contenant surement de la nourriture. Il trébucha sur un sac qu'il n'avait pas vu. Mettant sa main à l'intérieur, il reconnut de la farine. En y goutant, il fut heureux de voir que c'était du maïs. Enfin, il pourrait manger. Il se dirigea vers le four à bois dans un coin et remarqua que la braise brulait encore. C'était peut-être l'homme qui était à l'extérieur qui vivait ici. Ils avaient dû le faire fuir avec leur coup de feu.

Anoub était un homme bon. Avare surement, mais foncièrement bon. Potier, il avait appris le métier de son père. Et comme potier, il avait appris la patience devant la fragilité des choses. Il avait faim et là dehors un homme menaçait de le tuer d'une seconde à l'autre. Un homme qui devait manger du maïs tous les jours. Un homme fort, mais aussi un humain. Anoub sortit de la maison, plissant les yeux pour essayer de voir dans la lumière éblouissante.

– Je m'appelle Anoub! Je suis seul et j'ai faim. Cela fait plus de quatre jours, que je n'ai pas mangés. J'aimerais partager ton repas.

Anoub fut surpris de la tristesse qu'il entendit dans sa voix. Il était las et fatigué. Il ne serait jamais un « vrai homme du peuple ». Les slogans résonnaient maintenant très loin dans sa tête. Devant la mort, plus rien n'a d'importance. Il attendit que l'autre se manifeste. Rien ne vint.

– Voilà je n'ai plus d'arme, ajouta-t-il en la lançant au loin. Je t'en prie…

Sa voix s'écorcha dans le silence et la chaleur, sa gorge était asséchée. La sueur coulait le long de son dos, ses jambes ne le supportaient plus, il voulait s'asseoir et se reposer. Il attendit ce qui lui sembla une éternité. Une silhouette se leva soudain devant lui et s'approcha, l'arme toujours pointée vers l'avant. Anoub leva les bras en signe de soumission. Alors que l'autre s'approchait, il se mit à le détailler. Pas très grand, court sur ses jambes, l'homme avait une démarche qui lui faisait penser à quelque chose. Un déhanchement...

– Merde c'est une femme!

– Eh oui, je suis une femme, et si tu t'avises de mettre tes sales pattes sur mon derrière je te fais sauter la bite! Et ne me farcit pas la tête avec tes slogans débiles de sorcière et de libération. Ce n'est que de la foutaise! Je t'ai entendu dire qu'il y avait de la nourriture.

– Euh! Oui! Il y a un sac de farine de maïs juste ici. Ce n'est pas chez toi?

– Non je cherche à rejoindre la frontière au Nord. Tout le monde est devenu fou.

Anoub regarda les yeux farouches de la jeune femme. Elle ne devait pas avoir plus de dix-huit ans. Il enleva son foulard rouge, maintenant taché et boueux.

– Je suis Anoub le potier, fils de Léane et Mohamed, du village de Rayendra. Je te salue, jeune femme de mon peuple, que tes ancêtres et ceux de ta famille soient bénis de ton courage et de ta force.

La jeune femme baissa son arme en entendant les paroles de salutations rituelles. Cela pouvait être une ruse. Depuis le coup d'État, elle n'avait rencontré que des hommes armés partout. Les femmes étaient soit mortes, soit prisonnières ou cachées.

Deux hommes l'avaient violé alors qu'elle tentait de fuir par la rivière. Ils avaient dû la suivre depuis le village. Le lendemain, elle avait réussi à se lever et à se défaire de la peur qui la gardait immobile dans le fond des bois.

Sur un mort, elle avait trouvé des vêtements d'homme. En rejoignant la route, elle avait rencontré un convoi d'hommes et d'armes. Ramassant un foulard rouge, elle l'avait enfilé devant son visage et s'était mêlée à la foule de paysans qui s'enrôlait dans l'armée de la libération. On lui avait donné une arme et des munitions en lui disant de s'en servir contre les ennemis du peuple, les sympathisants du tyran. Elle avait tout écouté, le cœur furieux, mais elle s'était contenue.

La tirade sur les femmes lui avait donné mal au cœur. Qui pouvait bien inventer des histoires pareilles? Une nuit, elle profita d'une beuverie des miliciens pour s'enfuir en emportant quelques vivres et des munitions. Elle avait entendu dire qu'un camp humanitaire s'était installé au nord, juste de l'autre côté de la frontière. Elle devait faire vite, les miliciens disaient qu'ils allaient bloquer le passage aux réfugiés. Si les hommes ne promettaient pas allégeance au Libérateur, ils étaient tués sur le champ.

Elle observa Anoub et vit l'homme épuisé et fragile qu'il était. Elle baissa son arme.

– Je suis Marie-Ange, fille d'Émma et Ayoub, du village de Sérinawa. Je te salue homme de mon peuple. Que tes ancêtres et ceux de ta famille soient bénis de ta générosité et de ton courage.

Anoub sursauta en entendant les qualificatifs que Marie-Ange lui avait choisis. La salutation rituelle était de plus en plus négligée par les plus jeunes et elle ne servait plus qu'au moment des fêtes et mariages. Le jeu consistait à offrir à la personne que l'on saluait, un compliment en lui nommant deux qualités qu'il nous inspirait par sa présence et ses actions. Il était défendu de mentir. Anoub avait reconnu chez la jeune femme des qualités que l'on accorde aux hommes habituellement. Et elle lui avait répondu en lui offrant la générosité.

– Cela t'étonne Anoub que je t'offre la générosité et le courage? dit-elle après un moment. Je connais peu d'homme qui aurait offert à manger à celui qui venait de tuer son ami et son frère.

Anoub soupira et alla s'asseoir sur une des boîtes en bois.

– Marie-Ange, j'ai faim. Je suis fatigué du chaos. Je ne comprends rien à cette guerre.

En s'assoyant, il entendit un petit couinement venant de sous la boîte. Il se leva d'un bon et retira la boîte d'un geste sec, pensant y trouver un rat. Il s'attendait à tout, mais pas à ce qu'il vit. Marie-Ange avait relevé son arme et la pointait vers l'enfant qui était maintenant debout devant eux.

Sans frémir, elle se retourna et se dirigea vers le fond de la pièce, où ils aperçurent une paillasse avec une forme humaine couchée, cachée sous le drap.

L'enfant souleva le drap, prit un linge mouillé et essuya le front de l'homme blessé. Retournant vers la cuisine, elle replaça le banc, poussa Anoub pour qu'il s'assoie et fit signe à Marie-Ange de faire de même sur l'autre boîte. Elle agita les braises et mis sur le feu un chaudron rempli de lait. De l'armoire, elle prit quatre tasses et les déposa sur la table. Dans chacune, elle mit deux cuillères à soupe de farine de maïs et attendit que le lait chauffe.

Anoub et Marie-Ange étaient restés silencieux. Subjugués par l'apparition de la fillette et de son père alité. Gênée, Marie-Ange déposa son arme par terre à côté d'elle. Elle ne voulait pas effrayer l'enfant, même si elle voyait bien qu'elle ne semblait pas effrayée par leur présence. Anoub, par contre, semblait émerveillée devant l'enfant, la pureté de ses gestes, son silence. Après les coups de feu, le sang et la mort qui imprégnait ses vêtements, il s'abreuvait à l'innocence.

Le cœur de Mimiansa cognait fort dans sa poitrine. Elle avait attendu longtemps sous la boîte. Elle avait entendu tous les mots que l'homme et la femme avaient échangés. Quand l'homme était venu s'asseoir, elle n'avait pu réprimer son cri de surprise. Elle avait peur, mais que restait-il à faire? Tant qu'elle était en vie, elle devait continuer de s'occuper de son blessé. Surtout depuis qu'il était revenu à lui. Déhana ne pouvait pas l'abandonner, pas maintenant.

Elle prépara à manger pour tout le monde et servit les visiteurs, qui se jetèrent sur la nourriture, et alla nourrir l'homme qu'elle réveilla, avant d'aller s'asseoir dans un coin pour manger à son tour.

La présence de l'homme et de la femme intimidait Mimiansa. D'instinct, elle savait qu'ils ne lui feraient aucun mal. Du moins sentait-elle chez l'homme la mollesse de son cœur, en se présentant comme il l'avait fait, s'avançant au-devant d'un possible ennemi.

Mimi mangea lentement, le nez dans le fond de sa tasse. Cela faisait huit jours qu'elle se cachait dans la cabane sans voir une seule âme vivante, à prendre soin du blessé et à répéter inlassablement les gestes journaliers. Préparer la nourriture, nettoyer la cabane, panser le blessé, sarcler et désherber le jardin, aller chercher de l'eau, la faire bouillir, préparer la nourriture. Chaque geste imprégné du quotidien des Barantéennes.

Ayant passé sa courte vie auprès des femmes, Mimiansa ne connaissait que cela, poser le geste juste, soutenir la vie sous tous ses aspects. La vie des Barantéens se réglait en accord avec la nature. La chaleur était un obstacle impossible à contourner, il fallait simplement faire avec. Aux heures les plus chaudes, les coins d'ombre vibraient d'un air suffocant. La seule façon d'y échapper était de somnoler et de ne pas bouger, de simplement se retirer à l'intérieur de soi et rester immobile.

Mimiansa leva les yeux sur la jeune femme qui fronçait les sourcils en regardant le fond de sa tasse. Ses mains noires crispées sur la faïence, elle semblait en proie à une vive douleur. Un combat intérieur profond qui lui suçait petit à petit son désir de vivre et de se battre.

– Regarde cette enfant, Anoub. Ne devrait-elle pas être en train de jouer et de rire? Que fait-elle cachée au fond d'une cabane avec son père blessé et nous en train de la menacer avec une arme? J'ai pointé mon arme sur une enfant! Qui suis-je en train de devenir? J'ai failli tuer une enfant!

– Tu ne l'as pas fait…

– J'ai failli la tuer et elle, elle me donne à manger. Le monde est en train de s'écrouler et elle, elle me donne à manger.

– Marie-Ange arrête!

– Quoi arrête! Combien d'hommes et de femmes as-tu tués avant d'aboutir ici?

– Je ne sais pas…

– Allez! Réponds! Moi je les ai comptés, les uns après les autres. Et je me souviens de chacun d'eux, de leurs regards, de leurs cris. Les râles alors que la vie s'échappe et qu'ils ne peuvent pas la retenir. J'en ai tué vingt-trois en quatre jours Anoub. Vingt-trois! Le vingt-troisième était ton ami.

– Marie-Ange…

– Quoi Marie-Ange? Nous sommes là en train de prendre le thé alors que son corps pourrit juste à côté. Tu sais ce qui se passe dehors, n'est-ce pas Anoub ? N'est-ce pas que tu le sais. Nous sommes devenus fous…

Marie-Ange, agitée, se leva rageusement. Au moment où elle allait, en colère, jeter sa tasse sur le sol, elle sentit les mains délicates de Mimiansa la lui enlever des mains. Se retournant, elle regarda l'enfant dans les yeux et fondit en larmes.

– Pardonne-moi enfant.

Mimiansa mit sa main sur le ventre de Marie-Ange et se mit à chanter. Anoub trembla en entendant la voix puissante de la fillette chanter ce qu'il reconnu comme la chanson de Déhana. Il l'avait maintes et maintes fois entendue alors que sa femme accouchait de leurs enfants. Trois magnifiques garçons dont il était fier. Il ne savait pas où ils étaient. Cela faisait des mois qu'ils ne les avaient pas revus, depuis que sa femme l'avait quitté. Elle le trouvait trop tranquille, pas assez homme. Elle voulait un homme vif et riche, pas d'un simple artisan naïf et sans-le-sou. Jamais elle n'avait manqué de quoi que ce soit, mais la maison était petite et humble, alors, elle était partie.

Marie-Ange se mit à chanter aussi. La main chaude de l'enfant sur son ventre venait calmer la terreur profonde qui vivait en elle. Une peur qui lui déchirait les entrailles, celle de mourir ou plutôt de vivre encore longtemps avec cette peur qui était pire que la mort.

– Où suis-je?

Réveillé par les éclats hystériques de la jeune femme, Samourié s'était réveillé. Réussissant à s'asseoir sur le bord du lit, il regardait la scène d'un œil stupéfait. La dernière image de conscience dont il se rappelait, était une balade en camion, alors qu'il tentait de s'enfuir avec l'aide de Sangha et d'un autre garde du palais. Il y avait aussi deux jeunes soldats qu'il n'avait jamais vus. La chaleur et les blessures lui avaient fait perdre connaissance et le reste n'était qu'un trou noir. Il essayait de comprendre, mais la tête lui tournait. Il se recoucha.

Mimiansa cessa de chanter, elle seule avait entendu la voix de l'homme, très clairement, comme si elle venait de l'intérieur de sa tête. Anoub, perdu dans ses pensées, leva la tête lorsque le silence se fit plus pesant, seule Marie-Ange reniflait ayant fini de sangloter. Se dirigeant vers le lit, Mimiansa prit la cruche d'eau qu'elle gardait près du lit et en versa un verre qu'elle offrit aux lèvres du blessé. S'agenouillant, elle pensa très fort dans sa tête, espérant qu'il l'entende.

– *Tu es en vie. Bienvenue chez les vivants.*

Les paroles rituelles que l'on disait au bébé au moment de sa naissance. Une déclaration simple et puissante qui complétait l'accouchement, au moment où l'on déposait le nouveau-né dans les bras de sa mère pour qu'il puisse téter. C'était aussi le signal que le travail de la Mamé était terminé, elle se retirait et laissait la famille se réjouir de la présence de ce nouveau membre.

Samourié se tourna vers l'enfant et la regarda profondément dans les yeux. Il n'aurait su dire pourquoi, mais la présence de l'enfant lui sembla soudain très naturelle. Sa façon d'être et ce qu'elle venait de lui dire. Comme si un lien invisible existait entre eux, un lien indestructible.

Mimiansa déposa sa tête sur la poitrine de Samourié, écoutant ce cœur qu'elle avait craint de ne plus jamais entendre battre. Il était si faible quand elle l'avait trouvé. Elle se sentit fatiguée soudain. Depuis qu'il était là, elle avait si peu dormi. Gardant un œil ouvert dans l'éventualité où il aurait eu besoin d'elle. Oubliant les deux autres qui regardaient la scène en silence, elle s'assoupit, bercée par le roulement de tambour dan qui témoignait du rythme de la vie, dans la poitrine de l'homme blessé.

Anoub s'endormit aussi, épuisé par la tension et la course pour rester en vie. Marie-Ange garda les yeux ouverts, elle ne voulait pas dormir, attentive au moindre bruit venant du dehors. Elle savait qu'elle ne resterait pas dans la cabane très longtemps. Il fallait fuir, le plus loin possible, trouver la frontière, trouver un endroit où se réfugier.

Malgré les liens qui naissaient avec l'enfant, ou encore avec Anoub, elle ne pouvait pas s'encombrer. Elle ne voulait pas être ralentie encore plus. Déjà qu'il fallait se cacher et prendre des chemins détournés pour ne pas être prit sur la route. Sans oublier les balles perdues, les milices et les brigands qui seraient heureux de tomber sur une jeune femme. Plus elle y pensait, et plus l'idée de partir seule fit son chemin. Anoub passait encore, il savait se défendre, mais pas une enfant et un blessé en plus. Ils ne se rendraient jamais.

Un bruit près de la maison la fit sursauter. Marie-Ange prit son arme et visa la porte. Qui que cela pût être, il n'aurait aucune chance. Au plus profond de son âme, une rage de vivre inépuisable se réveillait enfin. Son envie de se battre ravivée, malgré le découragement qui l'avait assailli quelques minutes plus tôt. Ayant repris quelques forces grâce à la nourriture, elle attendait de pied ferme l'intrus. Rien ne bougeait, seul le ronflement d'Anoub brisait le silence à intervalle.

Ayant entendu le bruit aussi, Mimiansa se leva, humant l'air et écoutant attentivement. Étonnée, Marie-Ange vit l'enfant s'asseoir par terre et siffler comme on siffle un animal et faire des petits bruits avec sa bouche. Encore plus étonné elle vit un chien rachitique s'encadrer dans la porte. L'animal gronda dans sa direction.

– Ne t'approche pas, il a peut-être la rage.

Marie-Ange avait vu dans les derniers jours des chiens affamés se nourrir des cadavres. Errants, la bave au coin de la gueule, ils redevenaient sauvages, pourchassant les hommes faibles pour se nourrir. Mimiansa ne l'écouta pas et continua d'appeler le chien qui grondait encore en regardant Marie-Ange.

– Va-t'en!

– Qu'y a-t-il, Marie-Ange?

– Ce n'est rien Anoub, juste un sale cabot qui reluque la gamine, je crois qu'il a faim.

Anoub encore endormi entendit, plutôt qu'il ne vit, le chien qui s'avançait en grondant. Mimiansa arrêta de l'appeler et se mit à murmurer doucement des paroles que les deux autres ne comprirent pas. C'était un mélange de mots enfantins et de mots inventés qui ne faisait aucun sens. Le chien cessa pourtant de grogner et se coucha par terre. Mimiansa s'approcha en murmurant toujours et flatta la tête du chien.

– Attention!

Au cri de Marie-Ange, le chien se dressa et se mit à aboyer férocement. Mimiansa fit signe à Marie-Ange de baisser son arme.

– Jamais de la vie! Tu veux finir en pâté pour chien ça te regarde, pas moi.

– Tu es dure avec elle. Ne vois-tu pas que le chien ne lui fera pas de mal?

Marie-Ange garda un air buté; elle baissa néanmoins son arme, mais la tint à portée de main, juste au cas. Elle détestait les chiens. Enfant, alors qu'elle jouait dans la cour familiale un chien errant était entré, attiré par l'odeur des grillades sur le foyer. Elle avait tenté de le faire fuir en criant, mais le chien avait grogné l'attrapant par le bras, faisant mine de la mordre. Le hurlement de terreur qu'elle poussa attira les femmes qui ne virent à peine que la queue du chien se sauvant avec une côtelette de veau. Tout le monde avait ri d'elle. Marie-Ange ne comprenait pas que le chien bénéficie de la compassion des humains alors qu'il avait volé impunément.

– Voyons enfant, c'est Déhana qui nourrit les chiens. Il n'est venu que pour sa part, l'avait gentiment tancé sa mère.

Marie-Ange s'était promis de détester les chiens jusqu'à la fin de ses jours. Comment Déhana pouvait-elle nourrir des êtres aussi abjects, baveux et poilus?

– Et merde! Nous sommes en guerre, ce n'est pas le temps de faire joujou avec les toutous. Je pars ce soir Anoub. Viens-tu avec moi?

– Tu veux partir ? Mais...

– Je veux rejoindre la frontière avant que la milice ne mette des barrages partout et qu'il soit impossible de sortir de cet enfer, dit-elle décidée à ne pas rester sur place, en situation de danger.

– Est-ce que l'enfant vient aussi?

– C'est chacun pour soi, il faut sauver notre peau pendant qu'on a encore une chance. J'aimerais bien l'emmener, mais qu'est-ce qu'on fait de son père? On ne peut pas traîner un blessé, ça nous enlève toutes nos chances, s'impatienta Marie-Ange.

– Je ne peux pas faire ça Marie-Ange. Je ne peux pas la laisser. Elle m'a nourrie…

– Merde Anoub, ta mère aussi t'a nourri et pourtant tu ne la trimbales pas sur ton dos.

– Tu ne comprends pas. Je sais que je vais m'en sortir si je reste avec elle. Je ne peux pas l'expliquer, il y a quelque chose en elle qui me redonne confiance.

Marie-Ange observa Anoub comme si elle le voyait pour la première fois. Après tout, elle ne le connaissait que depuis quelques heures. C'était encore un inconnu pour elle, il n'y a pas si longtemps et même un ennemi.

– Parfait si tu veux t'encombrer d'un poids mort fait ce que tu veux. À la nuit tombée, je me tire d'ici.

– C'est ton choix Marie-Ange, lâcha-t-il finalement avec dépit.

Sans rien ajouter Anoub referma les yeux, laissant Marie-Ange en proie à une colère sourde que l'inactivité continua de nourrir. Pendant cet échange de mots, Mimiansa avait abreuvé le chien qui avait fini par aller se coucher dans un coin, l'œil sur la porte. Dans son regard une tendre lueur passa lorsqu'il posa ses yeux sur l'enfant qui s'allongea sur sa paillasse près du blessé.

L'après-midi se passa sans plus aucun incident, ni mouvement à l'intérieur comme à l'extérieur.

Le Baranté s'écrasa sous le soleil plombant, faisant même cesser les coups de feu et les cris. Le soleil exposa au vu et au su de tous, la plaie vive infligée au pays d'où s'écoulait un sang noir et visqueux; d'où s'écoulaient la haine, la violence et la terreur.

Le soleil chauffa si fort en cette cinquième journée de barbarie, qu'une femme hurla quelque part que les feux de l'enfer s'abattaient sur eux, que Déhana les avait abandonnés. Inconsciente, elle courut dans la rue invectivant le ciel, fustigeant l'astre du jour. Un souffle âcre et brulant se leva soudain enveloppant la femme hurlante de frayeur, dans un tourbillon de poussière et de sable. Les témoins rapportèrent qu'elle s'était soudain transformée en torche humaine et s'était consumée en l'espace d'une seconde.

Mimiansa prépara le repas pour tout le monde pour la dernière fois de la journée. La nuit commençait à s'étendre dans le ciel et Marie-Ange ne tenait plus en place. Ils partagèrent un repas de carottes et patates douces bouillis longtemps dans du lait de chèvre avec un peu de farine de maïs. Anoub reconnut un plat de sa région et en fut bien content.

— Ma femme préparait souvent un plat comme ça. Elle ajoutait parfois des pois rouges et le servait avec du riz.

— Ta femme? Tu es marié?

— Je l'ai été. Elle m'a donné de magnifiques enfants, que je n'ai pas vus depuis longtemps.

— Elle est morte.

— Non... elle m'a quittée.

Marie-Ange n'ajouta rien. Qu'aurait-elle pu dire? Jamais elle ne se marierait. Depuis plusieurs jours qu'elle voyageait seule, elle voyait qu'elle serait capable de se débrouiller sans homme. Elle voulait des enfants, mais après ce qu'elle avait vu dans les derniers jours, elle ne voulait pas mettre au monde des enfants qui auraient à grandir dans une telle souffrance. Un bébé garçon qui pourrait être manipulé au point d'égorger son voisin ou une fille qui pourrait être violée, non Marie-Ange ne voulait pas être mère.

Mimiansa attira soudain son attention. La petite avait fini de manger et empilait des galettes de maïs sur un morceau de tissus dont elle noua les côtés pour faire un sac. Elle prit une vieille gourde en peau de chèvre qu'elle remplit d'eau bouillie refroidie. Se tournant vers Marie-Ange elle lui fit signe de prendre les vivres.

– C'est pour moi?

– Elle sait que tu veux partir.

Marie-Ange se retint pour ne pas pleurer. Pendant quelques heures, elle s'était sentie en sécurité, avec Anoub et l'enfant, malgré le chien qui restait étrangement tranquille, surveillant la porte. S'agenouillant à côté de Mimiansa, elle prit l'enfant et la serra contre son cœur.

– Je suis désolée…, dit-elle en ravalant un sanglot.

Elle voulait rester pour la protéger, mais elle devait partir, fuir ce pays, cet enfer et aller le plus loin possible pour oublier qu'un jour, elle avait été Barantéenne.

Prenant le sac de fortune, la gourde et son arme, elle sortit en courant de la maison, sans un adieu et sans se retourner. Mimiansa resta longtemps dans l'embrasure de la porte à scruter la nuit. Plus tard, en rentrant pour aller s'occuper du blessé, elle s'arrêta devant Anoub.

– Je reste avec lui... et toi, dit-il.

D'un petit signe de tête, elle acquiesça. Anoub fut troublé par l'ombre qui volait les yeux de l'enfant. Il aurait préféré que Marie-Ange reste avec eux, en sécurité. Mais il comprenait sa peur. Il avait soupçonné dès ses premières paroles, quelques heures plutôt, que les derniers jours avaient été éprouvants pour elle. Très peu de femmes avaient été épargnées par les débordements des miliciens et cela l'attrista.

*** *** ***

2

La respiration de Chanel était de plus en plus difficile. Malgré les efforts d'Ama Sarah pour faire descendre la fièvre, l'état de la jeune femme se détériorait rapidement. Ensemble, les femmes ne pouvaient constater que la seule chose qui pèserait dans la balance serait la volonté de vivre de Chanel. Mais plus les heures avançaient, plus l'ombre de la mort se profilait dans la pièce où elles croupissaient toutes depuis quatre jours.

– Pouvez-vous nous apporter encore de l'eau?, cria Saleema en tambourinant sur la porte.

– Fichez nous la paix! lança négligemment le jeune garde derrière la porte.

Saleema se retient de crier des insultes, sachant que cela n'améliorerait pas leur condition.

– Jeune homme, commença-t-elle en tentant de se calmer. J'ai une femme ici en train de mourir. Peut-être que vous voudriez creuser un trou pour mettre son corps. D'ici une heure ou deux, il devrait être à point. Et si par hasard vous trouviez de l'eau en creusant, nous en aurions bien besoin.

Ama Sarah qui avait esquissé un simple sourire en voyant l'air malin de Saleema, riait maintenant franchement en entendant la tirade de sa compagne. Par contre, de l'autre côté de la porte personne ne riait. Perplexe, le jeune garde ne savait quelle partie de ce qu'il avait entendu était une moquerie. Les autres gardes avaient eux aussi eu droit aux quolibets des femmes, dont certaines se prenaient carrément pour leurs mères.

– Vous pouvez essayer de me faire tourner en bourrique, mais vous ne m'aurez pas. Vous avez eu de l'eau il y a moins d'une heure, ça suffit.

– Ce n'était pas assez, tança Saleema avec une pointe d'impatience dans la voix.

– Arrêtez de m'énerver! L'eau est rationnée pour tout le monde.

Saleema avait de plus en plus de difficulté à contenir sa colère. L'inaction la faisait trembler intérieurement, elle aurait arraché la peinture sur les murs avec ses dents si cela avait pu la calmer.

Ama Sarah lui fit signe de la rejoindre.

– C'est la fin..., chuchota-t-elle pour ne pas que les enfants l'entendent.

Fanta se leva péniblement et pris Hélène, la fille de Chanel dans ses bras. Cela prit énormément de tendres paroles pour qu'elle accepte de lâcher sa mère. Pas une seule seconde Hélène n'avait voulu s'éloigner de son Ama. Fanta l'enveloppa de douceur alors qu'Ama Sarah offrait les derniers rites à la mourante.

Le cœur lourd, Sarah ne retint pas ses larmes. Malgré tous les efforts, tous les discours, toute l'humilité qu'il avait fallu pour faire de ce pays un endroit habitable, viable et à l'image des valeurs de respect et de dignité qu'elle et son mari prônaient, tout cela avait été fait en vain.

La mort de Chanel était une défaite. Entre ses bras, la jeune femme était en proie à un délire fiévreux. Un regard vers les autres femmes et les enfants lui déchira le cœur.

– Lorsque tu seras devant mon mari, rassure-le. Dis-lui que je suis en vie, murmura Sarah à l'oreille brûlante de la mourante.

Ama Sarah se mit à chanter.

Je suis la terre amère, abondante et prospère,
Que mes enfants cultivent
Cœur avide récolte le désert
Mère aimante sème l'eau vive...

Fanta et Saleema se joignirent en cœur.

Oh ! Déhana ! Embrase mon cœur à ta flamme ardente
Tu es l'éclat de notre présent
Notre mère des temps passés et futurs
Entends les larmes de tes enfants
Le chant de nos cœurs purs...

Chanel Mataouaré expira sa douleur et sa souillure dans les bras d'Ama Sarah. Les femmes chantèrent longtemps encore. De l'autre côté de la porte, les gardes, pour la plupart orphelins, restèrent silencieux, certains retenant des larmes qu'ils ne verseraient jamais.

*** *** ***

3

Fébrile, Daniel Egan marchait de long en large dans sa chambre d'hôtel. Plus les jours avançaient et plus les nouvelles venant de la communauté internationale étaient mauvaises. Koné Mamburo était vraiment aimé. Daniel ne voulait pas se l'avouer, mais il avait peut-être mal évalué ses chances de succès avec le Baranté. Pourtant, il avait fait ses devoirs, tous les chiffres démontraient que le pays n'était pas encore assez solide, qu'il serait donc aisé à déstabiliser.

La seule chose qu'il n'avait pas prévu était le capital de sympathie dont jouissait le président Mamburo. Ses patrons n'appréciaient pas que cela prennent autant de temps et ils le lui avaient fait savoir promptement. Déjà cinq jours et aucun résultat probant. La situation semblait relativement sous contrôle à l'intérieur du pays, mais maintenant il devait livrer sa part du contrat.

Son téléphone sonna.

– Egan.

– Nous avons perdu le fils...

– Quoi? Perdu? Que voulez-vous dire perdu? Dawara, je n'ai pas le temps pour vos blagues.

– Perdu durant son transfert vers une autre base. Mais dans l'état où il était, il est impossible qu'il ait survécu.

– Vous m'appelez pour me dire ça?

La colère dans sa voix trembla jusqu'au Baranté.

– Bertrand vous fait dire de répandre la rumeur que c'est Samourié qui est responsable du co... de tout ça. Ça devrait nous laisser du temps.

Daniel fit une pose pour réfléchir à ce que le Général venait de lui dire. C'était peut-être ce dont il avait besoin pour faire avancer cette situation pourrie.

– D'accord.

En raccrochant, Daniel sourit. La situation n'était peut-être pas aussi pourrie qu'il le croyait finalement.

Un léger coup frappé à la porte, éveilla une profonde joie en lui. La jeune demoiselle revenait ce soir.

*** *** ***

4

Couchée sur le dos, Marie-Ange reprit enfin son souffle. Le ciel sans nuage et sans étoile semblait absent. Un espace vide qui s'ouvrait sur les profondeurs de l'abîme. Pas même un mince croissant de lune pour offrir un peu de lumière dans la nuit opaque. Une lumière diaphane qui éclairerait la route et aider Marie-Ange à avancer plus vite. Pourquoi ne pas courir sans fin et espérer mourir avant la fin, sans douleur, d'une morsure de serpent ou de scorpion? Ou juste rester sans bouger au bord de cette rivière et attendre le retour du soleil et ses flammes meurtrières.

Marie-Ange resta longtemps couchée sur le dos combattant une envie de hurler à s'en faire éclater les poumons. Ça serait si simple de prendre son arme et de se faire exploser la cervelle. Mais à quoi auraient servi ces vêtements d'homme, ce moment d'humanité avec une enfant muette et la complicité avec cet homme simple? Anoub... Si tout avait été différent, s'il n'y avait pas eu cette folie collective. Il était beaucoup plus vieux qu'elle, mais ils auraient été heureux. Marie-Ange prit son arme et la caressa longuement. Vingt-trois. Elle avait tué vingt-trois personnes. Vingt-trois hommes, qu'elle ne connaissait pas. Des hommes qui l'auraient agressé, torturé et sûrement violé. Le premier, elle l'avait tué en lui fracassant la tête avec une roche. Mue par la peur et la colère, elle avait frappé, frappé et frappé jusqu'à ce qu'il cesse de râler de douleur. Il l'avait supplié d'arrêter, mais à travers ses cris de rage, elle ne l'avait pas entendu.

Marie-Ange ferma les yeux, le ronflement de la rivière toute proche l'apaisa. Elle se sentait étrangement calme.

Elle les entendit arriver, leurs rires couvrant le bruit de l'eau. Ils étaient deux. Immobile, elle espéra qu'ils passent près d'elle sans la voir, remerciant le ciel pour l'obscurité. Rassurée par le contact de son arme, elle se prépara à bondir en cas de besoin, tous les sens en alerte. Trop tard, elle n'avait pas entendu le troisième qui avançait silencieusement l'ayant repéré. Il sauta sur elle et la maintint au sol.

Les trois hommes l'avaient repéré plus tôt alors qu'elle courait le long de la rivière. L'ayant vu s'affaler au sol, ils avaient décidé de la rejoindre.

– Santor! Ahmed! Regardez-moi ce que nous avons là.

– Alors Boubacar, c'est un des nôtres ou un ennemi?

– Ni l'un, ni l'autre. Ha! Ha! C'est encore mieux. J'espère que vous avez envie de vous amuser.

Les deux hommes avaient rejoint leur comparse qui tenait toujours Marie-Ange au sol.

– Une nénette dans des vêtements d'homme, voyez-vous ça.

Marie-Ange respira profondément, la panique l'envahissant sournoisement. Son arme, coincée entre elle et lui, lui broyait les côtes et l'empêchait de respirer. Fermant les yeux, elle s'abandonna. Lutter n'aurait servi à rien, ils étaient trois. Toute la rage du monde ne la sauverait pas. Elle maudit cette envahissante folie de liberté qui l'avait fait quitter un abri pour se lancer dans la gueule du loup.

– Où pensais-tu aller ma jolie?

Le visage de l'homme s'approcha de plus en plus, son souffle s'accéléra. Il murmura dans son oreille :

– Je ne veux pas te faire de mal. Tu vas même beaucoup aimer. Je suis certain que tu n'as jamais connu de vrai mâle, digne de ce nom.

Les doigts crispés sur la gâchette, Marie-Ange hurla :

– Vingt-quatre!

L'homme recula et Marie-Ange en profita pour tirer. La cervelle du dénommé Boubacar explosa comme une gerbe de fleurs, dont les pétales de cervelles se répandirent sur Marie-Ange qui ne bougea pas d'un pouce, durant quelques secondes, les yeux toujours fermés.

La vase absorba le sang qui pissait de la gorge du scélérat. Les deux autres, saisit par le bruit du coup de feu ne réagirent pas tout de suite, le temps que l'image de la tête éclatée de Boubacar se fraie un chemin jusqu'à leur conscience.

– Merde, elle est folle!

– Tirons-nous d'ici, Ahmed... regarde!

Un grondement sourd se fit entendre derrière la jeune femme qui frémit. Grognant entre ses dents, elle dit :

– Saloperie de cabot!

Un chien jaune rachitique se faufila entre ses jambes, la gueule baveuse, montrant ses crocs aux deux hommes tétanisés par la peur. Marie-Ange fit feu et rata Santor de peu. Le chien sauta à la gorge de l'autre dont le hurlement s'étouffa lorsque les dents du molosse lui arrachèrent le bas du visage. Santor sembla s'éveiller soudainement et levant son arme tira sur Marie-Ange qui reçut un projectile dans l'épaule gauche. La brûlure la fit chanceler et tomber à genoux.

– Tiens salope, ça t'apprendra à rester tranquille.

Il s'approcha d'elle et lui mit son arme sur la tempe. Marie-Ange respirait difficilement. La douleur se répandit dans son corps comme un incendie que l'on n'arrive pas à maîtriser, ravageant le peu de lucidité qui lui restait. Respirant de toutes ses forces, elle souffla difficilement, tentant de parler.

— Tue-moi... qu'on en finisse. J'en ai marre!

Le chien sauta sur le bras de Santor qui échappa son arme.

— Putain de merde, dis-lui de me lâcher.

— Ce n'est pas mon chien...

— Dis-lui de me lâcher!

Comme si un ordre silencieux avait été donné, le chien lâcha le bras de Santor et vint s'asseoir à côté de Marie-Ange.

Santor s'éloigna de quelques pas les épaules basses. Il regarda son frère Boubacar se vider de son sang. Leur compagnon de fortune, Ahmed, les yeux encore ouverts ruisselant de douleur, la mâchoire béante, respirait encore. Écœuré, Santor prit l'arme de Boubacar tombée tout près. Le chien jaune se leva grondant, il n'y prêta aucune attention. S'approchant d'Ahmed, il lui troua le front d'une balle. Marie-Ange sursauta, s'attendant à être la prochaine.

— Je ne sais plus ce que je fais, je viole mes sœurs et je tue mes frères. Ça ne devait pas se passer comme ça... Je suis désolé.

— Tu crois que... tes excuses vont... changer quoi, hum... que ce soit? Excuse-moi j'ai violé... ta mère et buté... hum... hum... ton père. Je suis désolé... je ne voulais pas...

— Je ne cherche pas ta pitié... juste... et puis laisse faire. Moi-même je ne comprends pas.

– Est-ce que... tu vas me... laisser crever?

Santor regarda la jeune femme toujours accroupie et s'approcha se mettant à sa hauteur. Le chien se mit à grogner, mais il l'ignora.

– Laisse-moi voir?

– Ne me touche pas!

La phrase sortit comme un coup de poignard. Le chien continua de grogner.

– Je t'en prie, laisse-moi te soigner. Il faut nettoyer la blessure...

– Laisse-moi...

Santor se dirigea vers la rivière, tournant le dos à la jeune femme qui pensa un instant lui tirer une balle par derrière. « C'est lui ou moi », se dit-elle. Mais elle n'en fit rien. Son bras gauche s'engourdissait lentement et elle n'avait plus la volonté de bouger. Entendant un bruit derrière elle, elle soupira. Et quoi encore? Soudain, apparurent devant elle quatre chiens errants qui s'arrêtèrent à ses côtés.

– Merde...

Santor ne vit rien, accroupit dans la rivière, il nettoyait son bras. Le chien l'avait mordu profondément et il saignait abondamment. Enlevant sa chemise il en déchira des lambeaux, qu'il trempa, banda sa blessure et s'aspergea le visage d'eau fraîche.

Quelque chose le frappa soudain par-derrière. Se retournant vivement, il arriva nez à nez avec le corps boursouflé d'un homme mort, le poussant dans le courant. Dégoûté, il balaya le mort de côté, le laissant poursuivre sa longue route à travers les remous. Retournant près de la jeune femme, il vit soudain les chiens autour d'elle, alors qu'elle se relevait en tremblant. Il tenta de s'approcher, mais le premier chien se mit à japper férocement l'empêchant d'avancer.

– Je déteste les chiens...

Ayant perdu beaucoup de sang, Marie-Ange claquait des dents, elle commençait à avoir froid. Le choc nerveux sans doute. Le sang continuait de couler le long de son bras maintenant inerte.

– Je ne veux pas lui faire de mal, je veux l'aider.

Santor murmura à l'animal qui semblait être le chef. Tout en parlant, il s'approcha très lentement. Les chiens s'écartèrent pour le laisser passer. Il entoura la jeune femme de ses bras et la serra contre lui. Une étoile s'alluma dans le firmament au-dessus d'eux. Marie-Ange cessa de lutter et s'abandonna à l'étreinte. Les chiens hurlèrent et disparurent soudainement dans l'obscurité.

Santor pansa la jeune femme. La balle avait traversé l'épaule. Elle lui partagea l'eau de sa gourde et ses galettes de maïs. Sans un mot, ils s'allongèrent l'un près de l'autre et attendirent le matin.

Les yeux de Marie-Ange ne revirent jamais l'éclat du soleil du Baranté.

*** *** ***

5

Koné sentit le changement de température dans la pièce. L'air devint glacial et il entendit les murmures caverneux avant même que les spectres ne se présentent à lui. Chaque nuit voyait sa longue procession d'habitants du Baranté morts durant la journée. Beaucoup de femmes étaient passées, défilant des chapelets de remontrances pour les horreurs commises.

Lorsqu'il vit Chanel Mataouaré, l'adjointe du procureur se présenter devant lui, il ne retint pas ses larmes. C'était un des joyaux de l'équipe qu'il avait réussit à mettre en place pour rétablir la justice dans le pays. Chanel avait à cœur son pays, ayant embrassé ses racines barantéennes avec fougue et passion depuis qu'elle était venue s'y installer.

– C'est avec peine que je te reçois, enfant chérie du Baranté.

Chanel s'inclina avec respect devant Koné.

– Koné, je n'ai rien à ajouter à ce que tu as déjà entendu de mes frères et sœurs. J'ai un message pour toi.

Koné inspira un grand coup et écouta attentivement.

– Ta femme Sarah, notre Ama à tous est en vie. C'est elle qui m'a bercé alors que la fièvre de la honte m'emportait. Sa force veille sur nous toutes et Déhana l'habite de sa volonté.

Koné versa de chaudes larmes en pensant à Sarah, sa Reine dorée, son adorée. Il aurait aimé poser les questions qui lui brûlaient les lèvres, mais il ne put se résoudre à briser le silence enveloppant sa peine. Il n'y avait rien à ajouter. Sarah était en vie.

Chanel disparut laissant place à une jeune fille au regard colérique, visiblement morte d'une balle à l'épaule.

– Koné, je ne suis pas venue te saluer. Je retourne là-bas protéger cette enfant que j'ai abandonné dans la jungle.

– Tu ne peux pas...

– Et comment crois-tu m'en empêcher? Mon âme n'aura aucun repos tant qu'elle ne sera pas à l'abri. Cette enfant porte notre destinée à tous en son cœur.

– Connais-tu son nom, mon enfant? Et quel est le tien?, demanda-t-il après un instant de réflexion.

– Je suis Marie-Ange, fille d'Émma et Ayoub, du village de Sérinawa. L'enfant porte le nom de Mimiansa, l'enfant-déesse.

Un hoquet de dépit secoua Koné. Était-ce cette enfant dont on lui avait parlé la première nuit? L'enfant de cette puissante Mamé, morte éventrée?

– Va, mon enfant. Protège-là et que ton âme trouve la paix.

Le spectre disparut en un instant. La chaleur revint dans la pièce et Koné s'affala sur sa chaise, visiblement épuisé.

*** *** ***

6

Samourié se réveilla en sursaut. Les stigmates d'un mauvais rêve s'accrochant à sa conscience. Il faisait un noir d'encre. Non loin de lui, il distingua l'enfant qu'il avait aperçu dans la journée. Étendu par terre, il remarqua aussi le corps d'un homme endormi non loin de la porte. Palpant son corps, il inspecta ses blessures. Il avait maigri, ses côtes étaient douloureuses, son dos le faisait souffrir. Il vit ses mains bandées et se souvient du géant dans les caves du palais présidentiel.

Aucun son ne troublait la nuit. Mimiansa se réveilla et vit son blessé assis sur son lit. Elle lui versa de l'eau dans un gobelet et la lui offrit. Souriant, il prit le verre, le porta à ses lèvres et savoura la fraîcheur apaisante de l'eau. Mimiansa se mit à chanter. Un murmure délicat emplissant la nuit de tendresse. Samourié ferma les yeux et se laissa bercer par la douceur de l'enfant. Intérieurement, il demanda :

– *Qui es-tu?*

Venant de partout et de nulle part en même temps, une voix grave emplit son être.

Je suis la terre amère, abondante et prospère, que mes enfants cultivent

Cœur avide récolte le désert, mère aimante sème l'eau vive...

Oh! Déhana! Embrase mon cœur à ta flamme ardente

– Déhana…

– Mimiansa.

Samourié sursauta en entendant la voix de la petite fille devant lui.

– Samourié.

Mimiansa s'approcha et lui prit la main.

– Je t'ai trouvé sur la route, il y a trois jours.

– Ton père m'a ramené chez toi?, demanda Samourié en pointant la forme couché.

– Ce n'est pas mon père. Déhana l'a fait arriver ce matin. Son ventre avait faim.

– Tu es seule ici? Où sont tes parents?

Mimiansa ne répondit pas. Son visage se ferma et la tristesse l'envahit. Des images de sa Mamé, les yeux ouverts, sans vie, l'assaillirent.

– C'est ta maison.

– Non. Oui, maintenant c'est ma maison.

Samourié était confus, des dizaines de questions se bousculaient dans sa tête. Où était-il? Où était son père? Peut-être que l'homme endormi pourrait le renseigner. Il attendrait le matin. La fatigue se fit soudain sentir et Mimiansa l'invita à se recoucher et à dormir le reste de la nuit.

– Merci Mimi. Tu es une vraie mère pour moi.

– Mamé m'a montrée…

Son visage se voila à nouveau. Samourié comprit que sa mère était morte. Pauvre enfant.

– Non je ne suis pas pauvre. Déhana me nourrit et je ne manque de rien.

La véhémence de la réaction lui fit presque douter qu'il eût parlé tout haut. Le feu aux joues, l'enfant retourna se coucher, laissant Samourié surpris par la force et la volonté qu'il percevait chez cette petite fille. Il se promit de faire attention à ne pas la heurter.

Le sommeil s'abattit sur lui comme une tonne de briques. Par contre, il passa une nuit agitée. Ses rêves furent peuplés d'images de cadavres, de femmes éventrées, d'enfants lui apportant de l'eau. Il vit Ama Sarah pleurant près de son corps sans vie.

À l'aube, il chercha Salomé, ses fesses chaudes, son ventre moelleux. Ses mains ne rencontrèrent que le tissu rêche recouvrant la paille qui faisait son lit. Désorienté, il regarda autour de lui. Une petite fille se tenait tout près, lui offrant un verre d'eau. Il se souvint.

– Mimi...

Sans répondre, elle retourna dans la cuisine où elle préparait le petit déjeuner. L'air embaumait le lait chaud. Samourié sentit la faim le tenailler. Un regard vers la porte et il vit que pour une autre journée, le soleil impitoyable du Baranté était encore au rendez-vous.

*** *** ***

Jour 8

1

L'homme arrivait enfin à se lever seul. Chaque jour, il faisait quelques pas dans la cabane au bras d'Anoub. Ce matin, il se sentait en forme et avait marché avec Mimiansa jusqu'à la rivière. La nuit avait été agitée, des coups de feu s'étaient fait entendre, les gardant éveillés. Mimi habituée à veiller, ne semblait pas souffrir du manque de sommeil. Cela faisait maintenant trois jours que Marie-Ange avait quitté la cabane. L'enfant regardait parfois au loin espérant sentir dans le vent, le parfum de vie de la jeune femme. La rivière continuait de charrier son lot de macchabées quotidiens. Mimi sentit la main de l'homme se figer dans la sienne. Les morts, elle ne les voyait plus, surgissant d'un endroit qui n'existait plus pour elle, lié à un souvenir, une perte.

– Je?... Qui?

Anoub qui arrivait derrière eux soupira profondément.

– Je ne sais pas quoi te dire, mon frère. Le pays est à feu et à sang, je croyais pour une bonne cause. J'ai cru pour le mieux. Mais aujourd'hui je compte mes frères morts et ça ne semble plus vouloir s'arrêter.

– Depuis combien de temps est-ce que je suis inconscient?

– D'après ce que je comprends de la petite, elle t'a trouvé il y a au moins six ou sept jours. Environ deux jours après le coup d'État.

– Ça fait presqu'une semaine que ça dure..., dit-il avec lassitude.

– Que t'est-il arrivé? As-tu été attaqué?

Le blessé ne répondit pas, il regarda les corps gonflés flotter dans le courant. Comment lui dire qui il était? C'était peut-être un ennemi. Encore faible, il n'avait pas beaucoup parlé. De toute façon, la chaleur écrasante durant le jour limitait toute activité. Une journée et demie de captivité et une évasion manquée. Enfin, il était libre, cela avait dû réussir quelque part. Qu'avait-il bien pu arriver à Sangha? Lorsqu'ils avaient enfin pu sortir du palais, Samourié était déjà très faible. Malgré une volonté de vivre et de faire payer le Général Dawara pour ce qu'il avait fait à sa famille, les mauvais traitements commençaient à avoir raison de lui. Il n'arrivait à se souvenir que d'une altercation entre deux gardes dans le camion. Ensuite, il s'était évanoui, jusqu'à son réveil dans la petite cabane avec l'enfant à son chevet.

– Je ne me souviens plus. J'étais dans un camion et le reste est perdu dans ma mémoire.

– Est-ce que l'on ne s'est pas déjà rencontré? Ton visage me rappelle quelqu'un?

– Non je ne crois pas.

Samourié tourna la tête. Il n'était pas prêt à se dévoiler. Les ennemis pouvaient se cacher partout. Non pas qu'Anoub semblait très dangereux, mais il ne voulait prendre aucun risque. Tant qu'il ne saurait pas ce qui se passait dans son pays, il resterait discret. Encore sous le choc de ce que la rivière lui renvoyait de la situation, il murmura :

– Jamais on n'a voulu ça…

– Qu'est-ce que tu as dit?

– Lorsque Mamburo a été élu, il a renoué le lien sacré qui existe entre le peuple et son dirigeant. Jamais on n'a voulu que nos frères flottent sans vie dans la rivière sacrée.

Anoub fit une pause, le regard perdu dans un lointain souvenir.

– Nous sommes tous responsables, autant nous que lui. J'ai douté. Et au lieu d'aller lui demander de me dire la vérité, comme je suis en droit de le faire, j'ai pris les armes et je lui ai tiré dans le dos. J'ai tué des femmes...

– Arrête Anoub, ça ne sert à rien de te morfondre sur ce que tu as fait et n'as pas fait. Qu'allons-nous faire maintenant?

– Quand tu iras mieux, nous rejoindrons le camp de réfugiés qui est au nord. Marie-Ange me disait que la milice allait fermer la route. Il est peut-être déjà impossible de s'y rendre. Mais on ne peut pas rester ici. Les coups de feu de la nuit dernière me font penser que nous ne serons plus en sécurité bien longtemps ici.

– Anoub, tu ne devrais pas t'embarrasser de moi. Part avec la petite.

– Il n'en est pas question!

La voix de l'enfant les fit sursauter.

– Je reste avec toi. *Bawaïré denda né Déhana!*

Samourié plongea dans le regard profond de Mimiansa. À cet instant il sut qu'il resterait avec elle. Peu importe où ils iraient, ce qui arriverait, ils resteraient ensemble.

– Celui que la déesse habite? Je te reconnais! Tu es... Oh! Merde!

Anoub se mit à se parler tout seul, choqué de ce qu'il venait de comprendre.

– Ce n'est pas possible... comment? Où as-tu...

– Anoub, je dois trouver une façon de rester incognito. Ma vie est en danger.

– Je comprends. Merde, c'est toi.

En silence, ils revinrent à la cabane. La chaleur se faisait sentir cruellement. Le peu d'ombre de la cabane leur donna un court répit. Prenant un bâton, Anoub qui connaissait bien la région commença à élaborer un plan pour rejoindre la frontière. Dans la terre asséchée, il commença à tracer une route.

– Notre seule issue est la forêt. Si la route est bloquée, nous pourrons la contourner en longeant les bois.

– Et s'il y a des gardes qui surveillent là aussi?

– C'est une chance à prendre. Je compte sur leur insouciance et le fait qu'il se croit au-dessus de tout. J'ai été parmi eux pendant quelques jours. La plupart d'entre eux ne voient pas plus loin que le bout de leur nez et les autres sont drogués.

– Combien de temps est-ce que ça prendra?

– Une journée et demie de marche, tout au plus.

– Tant que ça? Je croyais que nous étions plus près.

– Elle est petite encore et toi tu es blessé.

Samourié soupira, Anoub avait raison. Ça prendrait plus de temps, mais il n'y avait rien d'autre à faire.

– Nous partirons cette nuit.

– Mais…

– Je ne resterai pas planté ici à attendre que l'on vienne me pendre.

Anoub ne répondit pas devant l'air farouche de Samourié. Déjà une fois il avait fait l'erreur de douter de Mamburo, il n'allait pas faire la même erreur avec son fils. Il reconnaissait dans son regard un éclat indéfinissable. Une seule fois, il avait vu cet éclat et c'était dans les yeux de Mamburo, le jour de la bénédiction. Il n'avait pas voulu manquer cet événement. Le silence alors que le président avait levé la main humblement et s'était agenouillé devant son peuple, prononçant les paroles rituelles. Anoub avait pleuré.

– J'étais là, le jour où ton père à offert sa vie pour nous, s'engageant à nous servir. Je ne peux pas croire que j'ai oublié que mon cœur s'est épanoui à sa vue.

*** *** ***

2

Mohamed résista aussi longtemps qu'il le put. Les miliciens avaient trouvé un nouveau jeu pour se distraire : torturer Mohamed.

Depuis deux jours, ils avaient installé Mohamed dans une autre pièce, le séparant du groupe. Le jeu commençait en fin de journée, lorsque le soleil commençait à disparaître à l'horizon. L'amenant dans la cour, il le faisait tenir debout et tournant autour de lui, le frappaient derrière les genoux avec de minces baguettes. La douleur était intolérable et Mohamed aurait voulu hurler. Mais non, il ne lâcherait pas. Il ne se mettrait pas à genoux devant ses bourreaux. Pour Ama Sarah, il serait fort.

Ses jambes le faisaient atrocement souffrir. Les coups avaient commencé lentement, mais les insultes pleuvaient. Mohamed était certain que les gardes étaient intoxiqués. Les rires erratiques, les phrases décousues, tout semblait artificiel. Plus le temps avançait et plus les coups étaient moins cinglants; les hommes moins solides sur leurs jambes. Mohamed avait peut-être une chance de s'en sortir sans trop de dommage. Pour cette fois-ci du moins.

*** *** ***

Michael veillait son père à l'hôpital, depuis la nuit où on leur avait tiré dessus dans son appartement. Le coup de feu qui l'avait atteint n'était pas fatal, mais il y avait eu des complications sur la table d'opération, pendant qu'on lui retirait la balle logée dans son épaule gauche.

Depuis maintenant une semaine, Michael avait passé ses journées entre le poste de police, l'hôpital et son bureau secret. Depuis des jours, il cherchait une trace de Samourié dans tous les sites internet miroir qu'ils avaient créés pour se rejoindre discrètement en tout temps.

Rien. Samourié n'avait accédé à aucun des sites. Michael avait encodé des messages, mais il n'en avait pris aucun.

Selon les médias, Samourié serait impliqué dans le coup d'État. Ce qui, selon Michael, ne faisait aucun sens.

Michael regarda son père endormit, qui depuis trois jours, ne semblait plus vouloir se taire. S'excusant pour tout ce qu'il avait fait endurer à son fils, pour la dure discipline à laquelle il l'avait soumis, pour la méfiance face à sa façon de gérer ses affaires. Michael ne savait pas trop comment prendre ce nouvel intérêt que son père lui portait. Peut-être que le fait d'avoir frôlé la mort avait ramolli son cœur.

Michael s'enfonça dans sa chaise et referma les yeux, tentant de calmer l'inquiétude qui lui vrillait l'intérieur depuis des jours.

Les policiers avaient pris sa déposition, mais ni lui ni son père n'avaient parlé du mystérieux contact qui voulait des informations sur le Baranté ou sur Samourié. Vaguement, ils avaient énoncé que dans leur milieu, il n'était pas rare qu'un client ayant fait de mauvais placements et perdu beaucoup d'argent, veuille s'en prendre à eux. L'inspecteur n'avait pas été convaincu. La balle retiré de l'épaule de Finley senior venait d'un semi-automatique utilisé seulement par des agents de brigades spéciales ou secrètes. En d'autres mots, un piège à cons et Michael n'avait surtout pas envie d'attirer l'attention de son côté. Mais il ne savait pas qui lui courrait après et pourquoi. Quelle autre raison pourrait-il y avoir qu'il était un ami proche de Samourié? La coïncidence était trop flagrante.

Michael garda les yeux fermés, mais ne s'endormit pas. Sa mère venait d'entrer dans la chambre et il voulait tout, sauf lui parler.

*** *** ***

4

Anoub, Samourié et Mimiansa marchèrent longtemps dans le noir. La nuit semblait s'étirer sans fin à l'horizon. Malgré le blessé, ils avançaient vite, le manque de végétation ne leur fournissant aucun abri.

Chaque pas pour Samourié était une victoire contre la douleur, un pas de plus vers la liberté. Lui aurait-on dit qu'un jour il paierait si chèrement le prix de sa liberté? Il ne l'aurait pas cru. La richesse, la gloire était devenue pour lui une prison. Aveugle et sourd, il avait été aux besoins de son peuple. Mais cette nuit en marchant, le corps douloureux sur cette terre aimée, il humait l'air de la liberté. Ses poumons brûlaient, ses pieds écorchés perlaient de sang séché et de poussière. Mais chaque pas, chaque inspiration rendaient son corps plus léger.

Samourié regarda l'enfant qui voyageait maintenant sur le dos de son compagnon. Les deux hommes avaient augmenté la cadence et malgré tous ses efforts courageux, la petite n'arrivait plus à suivre. Ils devaient arriver aux bois avant le lever du jour.

Comme si elle avait senti son regard, Mimiansa tourna la tête de son côté. Dans la pénombre, il sentit son sourire se poser sur lui comme un délicat papillon. Une chaude caresse sur son âme. Elle lui avait sauvé la vie, c'était maintenant à son tour de la mener en lieu sûr. S'il ne lui restait qu'une seule chose à faire avant la mort, c'était de s'assurer que l'enfant de la cabane puisse vivre. Son instinct lui disait que l'avenir de son pays en dépendait. Sa raison lui disait qu'il était présomptueux de penser que l'avenir de son peuple ne dépendait que de lui. Et même de penser qu'une gamine muette d'environ huit ans pouvait avoir un quelconque lien avec un avenir aussi incertain.

Samourié ne connaissait pas l'ampleur du désastre, mais profondément il savait qu'il devait sauver cette enfant. Et si c'était la seule raison qui le faisait avancer, elle en valait bien une autre.

– Couchez-vous!

L'ordre fut bref et direct. Samourié se jeta à plat ventre. Dans l'air sec de la nuit, on n'entendait que leur souffle saccadé.

– Qu'est-ce...

– Chut!

Samourié se tut. Il n'entendait rien d'anormal. Il était sur le point de redemander à Anoub, ce qu'il avait entendu, quand à moins de cinq cents mètres sur sa gauche un éclat de rire fusa, suivi d'une faible plainte.

– Laissez-moi!

– Allez chérie, je sais que tu me veux. Je t'ai vu me regarder ce soir avec tes yeux vicieux.

– Arrête...

– Laisse-la, tu vois bien que tu n'en tireras rien.

– Tiens-la donc au lieu de me casser les pieds. Tu prendras ton tour après quand elle sera devenue docile.

– Quoi? Parce que tu penses que je vais m'enfiler tes vieilles affaires usées? Allez tire ton coup qu'on finisse notre ronde. C'est bientôt l'heure d'être relevé.

La réponse du premier se perdit dans un grognement. Samourié avait rampé près des deux hommes et de la femme, malgré les protestations silencieuses de son compagnon. Formé aux combats extrêmes, Samourié oublia la douleur et surgit près des malfrats comme le monstre des enfers. Avant même qu'ils puissent se saisir de leurs armes, le premier, que Samourié trouva très jeune, était inconscient sur le sol, le nez fracassé. Le second tenta de s'enfuir pour alerter les autres, mais il trébucha et Samourié lui fracassa le crâne avec une pierre.

Reprenant son souffle, il se tourna vers la jeune fille qui le regardait d'un air effaré. Sans bouger, il la détailla. Elle portait le même ensemble gris que les deux autres. Il était trop tard quand il réalisa qu'elle aussi était l'ennemie.

– À moi! On nous attaque!

D'un bond, elle s'était levée, oubliant de remercier son sauveur et s'enfuyait pour chercher des renforts. Samourié reprit ses esprits et courut vers ses compagnons, sans chercher à la rattraper.

– J'ai merdé.

– Je sais.

Il n'y avait rien d'autre à ajouter. Samourié attrapa la petite et se mit à courir comme il n'avait jamais couru de sa vie. Derrière lui, Anoub courut aussi, les oreilles imprégnées des cris de la jeune fille qui ne furent bientôt qu'un murmure. Aucun n'osait regarder derrière, mais ils savaient tous les deux, que très près d'eux se trouvait un camp rebelle et que bientôt, ils auraient tout le contingent aux fesses. Et que dans moins d'une heure, un ennemi encore plus implacable se pointerait. Le soleil.

Toujours silencieuse, Mimi pointa soudain dans une direction. Cela les faisait dévier du couvert des bois qui se dessinaient devant eux.

– Non enfant!

– *Par-là!*

L'ordre semblait venir de l'intérieur de lui-même. Une voix forte et puissante. Il dévia donc sa course dans la direction indiquée par l'enfant, allongeant ses foulées.

– Ça va Anoub? Tu arrives à suivre?

– Ouais ça va. Continue ne t'arrête pas, je crois que j'entends des chiens.

Samourié commençait à être inquiet. Ils s'éloignaient de plus en plus de la rivière, donc de possible source de nourriture. Le désert barantéen était impitoyable et il ne voulait pas voir leur chance de s'en sortir vivant diminuer à cause d'un caprice enfantin. Mimiansa leva encore le doigt. La direction qu'elle pointait les amenait complètement dans la direction opposée à la rivière.

– Non je ne peux pas!

– Aye!

Le cri sortit de la bouche de l'enfant comme un boulet de canon, tout en continuant de pointer son doigt avec insistance. Samourié dévia sa course une seconde fois, espérant que l'enfant savait que ce n'était pas le temps de jouer.

– Sam, où vas-tu?

– Je suis l'enfant. Elle a dit par-là, c'est là que je vais.

Anoub se mit à rire. Son rire fit un étrange hoquet. À bout de souffle, il courrait encore, mais ses forces l'abandonnaient rapidement.

– On peut lui faire confiance. Les enfants sont des champions du jeu de cache-cache.

Derrière eux, l'horizon commença à rougir. Samourié, épuisé, tentait de garder la cadence. Courir vers l'ombre était leur seul salut. Il jeta un regard derrière pour voir dans l'éclaircie de l'aube des silhouettes se dessiner.

– Merde! Ils se rapprochent.

Mimi gigota pour descendre et se mit à courir en poussant de petits cris.

– Attends!

Derrière eux, Anoub s'était arrêté, cherchant son souffle.

– Je n'en peux plus...

– Il faut continuer, je ne sais pas où l'on va, mais il faut y arriver au plus vite.

Devant eux, Mimi continuait de courir. Elle disparut soudain derrière une dune.

Mimiansa s'engouffra dans ce qui semblait être une porte dans le sol et emprunta l'escalier qui s'enfonçait dans les profondeurs de la terre, disparaissant ainsi à la vue de ses compagnons. Samourié qui dévalait la pente juste derrière elle, cru qu'elle était tombée. Il passa à côté du trou sans le voir. Il revint sur ses pas, inquiet soudain de ne pas trouver la fillette. Dans la pénombre il ne distinguait aucun mouvement. Anoub le rejoint, le souffle court et le poumon sifflant.

– Pourquoi t'arrêtes-tu?

– Je ne vois plus l'enfant.

Effaré, Anoub se mit à tourner en rond.

– Mais ce n'est pas possible?

Un aboiement les fit sursauter. Ils étaient là et se rapprochaient dangereusement. Des silhouettes se découpaient au sommet des dunes. Les chiens se mirent à dévaler la pente dans leur direction.

– Samourié, viens! Ici, on pourra se cacher.

– Mais je ne peux pas laisser l'enfant.

– Je sais, mais ils arrivent. Arrête de discuter.

– Non!

– Et bien reste et fais-toi prendre, moi je descends.

– Merde!

– Il suivit son compagnon, toujours inquiet du sort de la fillette. Aussitôt qu'il passa la porte, une trappe de pierre coulissa et se referma derrière lui.

– C'est un piège!

– Quoi? Qu'est-ce que tu racontes?

– Regarde Anoub, le trou s'est refermé sur nous.

Les deux hommes restèrent silencieux dans la pénombre, s'attendant à tout moment à voir une arme pointée sur eux. Ils entendirent bientôt les chiens gronder juste au-dessus de leur tête.

– Où sont-ils?, cria un jeune milicien.

– Je ne sais pas. Les chiens semblent avoir perdu leur trace, lança un deuxième.

– Ils ne peuvent pas s'être volatilisés comme ça?

– Tu sais bien que ce coin n'est pas sûr. Toutes les choses que l'on raconte sur des fantômes qui auraient été vus...

Regardant de tous les côtés, il semblait vraiment apeuré.

– N'importe quoi! Tu sais que ce sont des contes inventés par la sorcière pour nous manipuler comme des ignorants.

– N'empêche que...

– Enfin, pour une fois qu'il y avait un peu d'action. J'aurais bien aimé m'amuser un peu.

– Mais qu'est-ce qu'on dit au chef? Qu'on les a perdus? Je ne veux pas recevoir de coups de bâton.

– Ben, on aura qu'à dire qu'ils sont tombés dans un trou et que de toute façon, ils vont y crever de faim et de soif.

– Tu penses qu'il nous croira? Et s'il vient voir par lui-même et nous demande où est le trou?

– Soldat, que se passe-t-il?

Les deux adolescents sursautèrent en entendant la voix de l'assistant-chef toute proche.

– Ben, euh… Les chiens ont perdu la piste.

– Silence bande d'incapables. Vous avez laissé filer des ennemis de l'ordre nouveau?

Les chiens continuaient à gronder. Samourié respira mieux quand il se rendit compte que ce n'était pas un piège. Par contre, il ne s'expliquait toujours pas comment la porte avait pu se refermer. De plus, l'enfant ne devait pas être dehors, sinon les chiens l'auraient déjà trouvé. Les voix extérieures devinrent un murmure inaudible. Les hommes s'éloignaient, se demandant toujours par quel mystère les fugitifs avaient pu disparaître.

– Ils sont partis?, demanda Anoub.

– Oui, je crois.

– Maintenant, on fait quoi? Tu veux descendre l'escalier?

– Non je veux voir si la porte s'ouvre, répondit Samourié, furetant sur le sol pour trouver une façon d'ouvrir la porte.

Samourié tenta de pousser sur la pierre qui bloquait l'entrée. Dans les interstices de la pierre, il chercha un mécanisme quelconque qui déclencherait l'ouverture de la trappe. Tout absorbé, il n'entendit pas Anoub qui tentait d'attirer son attention.

– Viens donc m'aider au lieu de rester planté là!

– Sam...

– Mais que fais-tu? Allez! Cherche un levier ou je ne sais pas...

– Sam...

– Quoi?

Impatient, il se retourna vers Anoub et se trouva nez à nez avec un homme vêtu d'un pagne, d'une lourde parure dorée et pointant sa lance vers le bas de son ventre. Derrière lui, deux autres hommes vêtus de la même façon se tenaient plus bas dans l'escalier. Leur allure de fiers guerriers, fit reculer Samourié d'un pas respectueux.

Soudain à ses côtés, Mimiansa lui prit la main.

À suivre...

À paraître en octobre 2013

« *...le Général Dawara a dit trouver déplorable la réaction de l'ONU, face aux preuves de corruption du président Mamburo. Dans un premier communiqué, depuis le coup d'État, il affirme « ... qu'il fallait libérer le pays le plus rapidement possible avant que les dégâts ne soient trop importants.* » *Je vous rappelle qu'aucun pays n'a voulu reconnaître le gouvernement putschiste formé par le Général Dawara. La Communauté Européenne s'est dite troublée devant les révélations incongrues, qui ne cadrent pas avec le style de gouvernance de Koné Mamburo, président du Baranté. Le Général a aussi tenu à affirmer que les prisonniers étaient bien traités et qu'ils seraient remis aux autorités internationales compétentes pour être jugés pour crime contre l'humanité. Par contre, les experts disent que le Général Dawara voudra les échanger contre certaines garanties économiques. Nous avons maintenant en ligne, Charles Dupré, notre correspondant en Afrique centrale.*

– Charles, pouvez-vous nous donner plus de détails sur les conditions de détention du président Mamburo et de sa famille?

– Selon les informations qui nous parviennent au compte-goutte depuis maintenant trois semaines, tout le monde serait gardé en bonnes conditions. Nous en saurons plus en fin de matinée, lorsque le Général Dawara tiendra un point de presse sur la question.

– Et concernant, les ressortissants canadiens, que pouvez-vous nous dire de plus?

– *Tout le personnel diplomatique a pu être rapatrié. Il y a encore de la confusion concernant les ONG canadiennes encore sur place. Il est très difficile de dénombrer le nombre d'étranger encore sur le territoire. Les communications sont coupées et il y a un flot continu de réfugiés aux frontières. Plusieurs observateurs craignent un autre Rwanda, mais il n'y a pas de question ethnique qui s'appliquent ici. Par contre, les récits des réfugiés ne sont pas pour nous rassurer. Il y aurait des centaines de mort à déplorer. Surtout des femmes. Mais la raison de ces morts n'est pas tout à fait claire. Nous avons aussi appris qu'un enregistrement montrant le président Mamburo et plusieurs ministres auraient été envoyé à des officiels de l'ONU. Ils seraient toujours vivants et en bonne santé. Il n'a pas été possible pour la presse de voir ces images, l'ONU voulant authentifier les images avant de les diffuser.*

– *Le Général semble avoir une stratégie bien étudié de transmission de l'information. Il ménage ses effets.*

– *Vous ne croyez pas si bien dire. Une équipe de la BBC devait pouvoir se rendre au palais présidentiel et retransmettre les images en direct. Mais, nous venons d'apprendre que le Général a fait demander Karl Deveaux, reporter vedette de France 2 pour le point de presse. Il doit craindre un coup fourré des anglais, qui je vous le rappelle on occupé le Baranté, avant la libération de 1963.*

– *Merci Charles, on vous retrouve lors du point de presse du Général Dawara, vers 11h, heure du Québec.*

– *Merci Paul.*

– *Alors c'était Charles Dupré, notre correspondant en Afrique Centrale. Et maintenant au Proche-Orient, la situation… »*

Abdu ferma la télévision en soupirant. Il regarda l'écran vide durant plusieurs secondes.

– C'est chez-vous?

Abdu se retourna vivement, surpris de trouver Juliette derrière lui.

– Je ne vous avais pas entendu.

– Vous étiez concentré.

– Ah !

Il fit un geste vague en direction de l'écran.

– Je me tiens au courant. Madou m'a dit que les dessins animés valaient le détour dans votre pays. Je suppose que vous venez me chercher pour manger?

– Oui.

Juliette avait mille questions qui lui brûlaient soudain la langue. Venait-il de ce pays là ? Si oui, que lui était-il arrivé ? Sa femme, la mère de Mimi était-elle morte? Comment? Quoi? Elle voulait tout savoir.

Pour joindre l'auteure

N'hésitez pas à laisser des commentaires sur Amazon (c'est grandement apprécié!) et à visiter le blogue pour connaître les prochaines parutions et voir l'auteure dans son habitat naturel (merci de ne pas nourrir les animaux) :
www.marielaurelandais.blogspot.ca

Pour joindre Marie-Laure Landais
Courriel : marielaure_auteur@yahoo.ca
Twitter : @MLAuteur